Il Buon Dittatore II – L'Espansione

Gonçalo JN Dias

Traduzione: Francesca Rinaldi Morais

"La rivoluzione è sempre stata nelle mani dei giovani. Il giovane è sempre erede della rivoluzione. "
Huey Newton

Ai miei genitori e a mia sorella

15 ANNI DOPO

Viaggi

I

Jean-Pierre controllò per la terza volta che il cancello che dava accesso alla sua proprietà fosse ben chiuso. I suoi due figli lo stavano già aspettando sul carro con un vicino che, gentilmente, li avrebbe trasportati tutti e tre fino alla stazione ferroviaria.

Salì sul carro, si sedette comodamente e diede il segnale di partire. Sentì una certa ansia vedendo il proprio castello che si allontanava, ma cercò di nascondere questa sensazione e finse di essere rilassato e spensierato, sfoderando un sorriso forzato che non riuscì a convincere i suoi figli.

- Non preoccuparti, padre, andrà tutto bene, fra poco saremo di nuovo qui – disse Matthias, il suo unico figlio maschio di soli ventun anni.

- Sì, lo so, non sono preoccupato – rispose il padre.

Cercò di approfittare del viaggio di due ore che li aspettava, ma il suo pensiero riandava costantemente ai lavori agricoli che avrebbe lasciato nelle mani del suo buon e vecchio vicino. Elencò ripetutamente nella mente le varie operazioni che avrebbero dovuto essere svolte in sua assenza, preoccupato che qualcuna di queste venisse dimenticata.

Osservò che molte vigne, abbandonate in passato, stavano poco a poco venendo recuperate; il terreno era stato ripulito e i piccoli vitigni potati sembravano pronti a rivivere la gloria dei tempi andati, quando il vino di Bordeaux era il più prestigioso del mondo. Era un segnale che la civilizzazione tornava al suo corso naturale.

Percorsero il tragitto fino alla stazione ferroviaria su una strada quasi completamente asfaltata, incontrando altri carri trainati da cavalli, piccole e moderne auto ad energia solare ed in qualche fattoria anche dei trattori, cosa che causò in loro una certa sorpresa. Quando arrivarono alla piccola località di Le Barp, il vicino salutò Jean-Pierre e i suoi figli, augurando loro un buon soggiorno a Biriatu.

Si diressero verso la stazione con le proprie semplici vecchie valigie e si misero ad aspettare il treno sulla banchina. All'ora stabilita il mezzo che attendevano apparve, e i tre vi salirono insieme ad altri due passeggeri.

Sulla parte superiore della locomotiva e dei vagoni erano collocati pannelli ad energia solare, in grado di produrre potenza sufficiente perché il veicolo potesse percorrere migliaia di chilometri. All'interno i sedili, ragionevolmente confortevoli, erano disposti due a due; Jean-Pierre si sedette da solo, con i due figli di fronte. Il padre non poté fare a meno di notare l'allegria dei propri eredi per essere saliti per la prima volta su un treno: ridevano e commentavano i dettagli della carrozza, sembravano due bambini.

La locomotiva fischiò, come succedeva anticamente, e le pesanti ruote cominciarono a girare. Jean-Pierre fece un piccolo sforzo mentale per cercare di ricordare l'ultima volta che aveva viaggiato usando un mezzo di trasporto pubblico. Sicuramente era stato a Parigi, prima dell'attacco, e quasi certamente nella metropolitana parigina. Forse quindici anni prima, o di più, in un'altra vita, quando era ancora giovane, sposato, ambizioso ed apparteneva ad una classe medio-alta.

Guardando i suoi figli si rese conto di una cosa importante: aveva vinto, era riuscito ad ingannare la morte. Il suo obiettivo era stato raggiunto. Era riuscito a crescere i suoi tre figli malgrado tutte le avversità che avevano dovuto affrontare negli ultimi quindici anni. Si ricordò della moglie defunta e pensò che sarebbe stata molto orgogliosa del suo lavoro. Contemplò la figlia, che gli stava di fronte: una bella giovane di diciannove anni, con i capelli biondi lisci, gli occhi verdi e un naso un po' appuntito, identico a quello della madre; la sua mente volò all'era antica, prima dell'attacco.

Ricordò i viaggi quotidiani con la metro che effettuava con la moglie; i due si dirigevano ai rispettivi lavori, erano entrambi avvocati. Vivevano nella parte moderna del quartiere latino, a Parigi, in un appartamento di quasi 200mq, avevano una domestica che aiutava nei lavori di casa e si occupava di portare i bambini a scuola e di riprenderli.

Facevano una vita confortevole, da classe medio-alta. La moglie lavorava nello studio di avvocati del padre, uno studio che difendeva, soprattutto, colletti bianchi o clienti con elevato potere economico. Lui invece lavorava in un altro studio che si occupava di crimini commessi da persone con minori possibilità economiche, ma era pur sempre un'attività piuttosto redditizia per la società che rappresentava.

Si erano conosciuti alla facoltà di legge della capitale francese; si erano innamorati e il fatto che il suocero fosse un rinomato avvocato aveva contribuito a che Jean-Pierre chiedesse la mano di Annie subito dopo la fine del corso universitario. Il suocero lo aveva aiutato ad ottenere dei posti di lavoro importanti e ben pagati.

Gli anni erano passati ed era arrivato Matthias, il primogenito della coppia e, due anni più tardi, erano nate le gemelle. Era una famiglia apparentemente felice, economicamente solida, che trascorreva le ferie in luoghi esotici; frequentavano club esclusivi a cui erano iscritti membri dell'alta società parigina e i ragazzi studiavano in un costoso collegio privato.

Quando un oggetto misterioso era apparso sulla luna e nelle periferie erano cominciati i primi subbugli, che si erano poi diffusi fino alla capitale francese, Jean-Pierre e Annie avevano deciso di recarsi nel castello del padre di lei, che si trovava nella zona vinicola di Bordeaux. Ne avevano approfittato per fare una specie di mini vacanza finché la situazione non si fosse normalizzata, però le città erano state ridotte in polvere e loro erano rimasti confinati a quella località.

Increduli, non avevano saputo come comportarsi. All'inizio avevano ancora sperato che lo Stato si ricompattasse e restaurasse il vecchio ordine. Durante le prime settimane Jean-Pierre, insieme ad alcuni vicini, aveva saccheggiato le case abbandonate nelle vicinanze alla ricerca di viveri, semi, armi e abiti. Quando ormai nei dintorni non c'erano più case in cui trovare qualunque tipo di cibo, la situazione si era aggravata.

Jean-Pierre non sapeva niente di agricoltura, non aveva mai usato un'arma, e non conosceva nulla dell'arte della caccia. Durante l'estate la famiglia aveva terminato ciò che si trovava nella dispensa e quello che avevano recuperato con i saccheggi nelle altre case, oltre all'uva delle vigne e a qualche frutto del piccolo orto che c'era nella proprietà. Con l'arrivo dell'inverno, la situazione aveva cominciato ad essere preoccupante, il cibo scarseggiava. Mangiavano principalmente bacche, radici, qualche cereale e piccoli pesci di un lago lì vicino. I bambini si lamentavano per la fame.

A peggiorare la congiuntura, si erano verificati i primi atti di violenza nella regione. Alla piena luce del giorno, uomini armati entravano nelle case alla ricerca di cibo e, secondo le voci, violentavano le donne e praticavano il cannibalismo. La paura si era impossessata della famiglia Leduc. Avevano deciso di costruire una specie di bunker in cantina, dove conservavano il cibo e dormivano. Alla fine di febbraio avevano ricevuto la visita di tre banditi armati.

Gli uomini erano entrati nella proprietà di sera, e il rumore degli zoccoli dei cavalli aveva agito da allarme ed aveva consentito ai cinque elementi della famiglia di nascondersi nel bunker improvvisato. Jean-Pierre, con il suo unico fucile in mano, era rimasto rigido e teso sulle scale che davano accesso alla cantina, sperando che i ladri non si accorgessero di quel rifugio. I tre bambini erano rimasti intorno ad Annie, illuminati dalla tenue luce di una candela. I bambini tenevano una mano sulla bocca per non lasciare uscire nessuna parola o gemito; tutti tremavano. Le gemelle, con gli occhi strabuzzati, avevano voglia di piangere, mentre il maschietto guardava il padre con occhi pieni di panico. I tre ladri avevano rovistato la casa, cercando in tutti gli angoli qualcosa di utile, ma soprattutto cibo. Con fatica la madre era riuscita a tenere i figli in silenzio, mentre dalla parte superiore della casa arrivavano tutti i tipi di rumore. Jean-Pierre era stato sul punto di uscire con l'arma in mano per cercare di ucciderli, ma sua moglie gli aveva fatto un cenno, pregandolo di non abbandonarli. Alla fine, dopo quasi due ore di angoscia, i tre uomini erano usciti dalla casa.

Questo avvenimento era stato un duro colpo per il morale della famiglia. Non bastava dover lottare per ottenere del cibo e per sopportare il freddo, non bastava la solitudine e la mancanza di beni di prima necessità, adesso c'erano anche uomini armati che si presentavano con cattive intenzioni. Annie fu l'elemento della famiglia che maggiormente soffrì di questa depressione.

- Non ci sono più speranze, Jean-Pierre. Lo Stato è sparito, siamo davanti alla legge del più forte. Non abbiamo viveri da dare ai nostri figli, né vestiti, né scarpe. Sembrano dei mendicanti, coperti di stracci, magri, senza cure mediche. Non possiamo crescerli in queste condizioni.

- Calma, Annie, le cose miglioreranno, lo Stato rinascerà. Sta arrivando la primavera, riusciremo a piantare qualcosa, costruiremo delle trappole per cacciare gli animali e pescare i pesci, le cose miglioreranno.

- Non essere ingenuo, sai perfettamente che non ci sarà nessuno Stato, e nemmeno una polizia; a venire saranno altri uomini affamati e barbuti e la prossima volta ci troveranno, ti uccideranno, io e tua figlia diventeremo le loro schiave, e forse mangeranno tuo figlio.

- Qual è la tua soluzione, Annie? Fuggire? – gridò lui.

- Fuggire dove? Il mondo che conoscevamo non esiste più. Questo mondo è orribile – urlò a sua volta Annie, completamente sconvolta.

- Qual è la soluzione, allora?

- Prendiamo le medicine che ci restano e dormiamo tutti per sempre. Una morte santa.

- Non dire mai più una cosa del genere! Te lo proibisco.

Era stato Matthias a trovare la madre addormentata sul pagliericcio, con un tubetto di pillole nella mano destra. Avevano scavato una fossa nel terreno e avevano avvolto la donna in lenzuola e nei fiori che erano sbocciati quella primavera. Jean-Pierre aveva cercato di nascondere il suicidio, dicendo che Annie era morta senza provare dolore, che si era addormentata, chiamata da Dio.

Curiosamente, dopo la morte della madre la situazione della famiglia aveva cominciato a migliorare. Con la primavera erano cresciute nuove piante, semi, frutti, più bacche e cerali. Avevano costruito delle trappole per cacciare animali e, poco a poco, avevano cominciato ad adattarsi alla natura e ad approfittare di ciò che offriva. Erano venuti altri uomini; Jean-Pierre ne aveva affrontati alcuni fucile alla mano, in altri casi si era nascosto in cantina con i figli. Questi crescevano, ed avevano rapidamente perso l'innocenza dell'infanzia e, obbligatoriamente, ognuno di essi occupava il suo ruolo in famiglia per ottenere l'obiettivo primordiale: la sopravvivenza.

Gli anni erano passati e i bambini erano diventati adolescenti. Jean-Pierre aveva tentato di dar loro un'educazione basata sui tempi antichi: parlava di città, paesi e persone che non esistevano più; storie di un altro mondo, dove c'erano leggi, polizia, uno Stato, televisione, musica e negozi dove si poteva comprare di tutto. A volte dubitava che i figli gli credessero, pensava che ritenessero che quelle fossero solo storie di fantascienza per rallegrare il loro cuore.

Prima erano venuti i Vandali, un gruppo di fuorilegge che si erano riuniti e dominavano un'area estesa dell'Europa Centrale, fra le Alpi e Zeebrugge, nell'antico Belgio. Era un gruppo che si dedicava a rubare, saccheggiare, uccidere e violentare. Ancora una volta, la paura si era impossessata della famiglia Leduc. I Vandali sarebbero potuti arrivare in qualunque momento, non erano tanto lontani. Per questo i Leduc avevano intensificato le cautele e sorvegliavano la proprietà di giorno e di notte, a turno. E quando sembrava che non si sarebbe mai più vista la luce alla fine del tunnel, erano arrivati i primi raggi di sole dall'Ovest.

Correva voce che, a partire dalla Penisola Iberica, si stesse creando una forte nazione, che portava ordine, sicurezza, salute e organizzazione. I primi soldati della nazione chiamata Serrana che arrivarono furono accolti con molte feste. Promettevano democrazia, giustizia, libertà e, soprattutto, sicurezza contro i Vandali. Promossero elezioni per scegliere i rappresentanti politici della regione, aprirono scuole, un ambulatorio, un tribunale, aprirono mercati e negozi, collocarono telecamere per controllare le persone, le strade e le proprietà.

Per Jean-Pierre l'arrivo dei Serrani fu la conferma che l'umanità aveva resistito. Che c'era speranza per lui ma, soprattutto, per i suoi figli. Alcuni accusavano la nazione Serrana di mancanza di trasparenza o di utilizzo abusivo dei mezzi di comunicazione, però Jean-Pierre, che aveva vissuto giorni di fame, miseria, solitudine ed una tremenda mancanza di fede nell'umanità e nel futuro, difendeva la nazione Serrana con le unghie e con i denti.

Jean-Pierre venne risvegliato dai suoi pensieri dai figli; una giovane hostess chiedeva i biglietti del treno alla famiglia. Matthias fu il primo a consegnare il suo e rimase affascinato dalla bellezza della giovane assistente. Aveva l'aspetto di una ragazza dell'Europa dell'Est, un bell'accento francese e usava un profumo dolce alla mandorla. Lei percepì lo sguardo indiscreto di Matthias e lo guardò con un certo ribrezzo; lui aveva le mani, le unghie, il viso ed i capelli sporchi. I suoi abiti erano autentici stracci e le sue scarpe erano piene di buchi. Matthias sentì questo disprezzo nello sguardo della ragazza, che venne accentuato quando due soldati, vestiti elegantemente con l'uniforme della nazione Serrana, le passarono vicino. Lei rispose al loro complimento con un largo sorriso e uno sguardo complice.

Jean-Pierre, che aveva assistito a tutta la scena e aveva visto come il figlio fosse rimasto a testa bassa, pensò di rallegrarlo con qualche frase fatta, ma alla fine ritenne che magari non fosse il momento giusto e rimase in silenzio. Era molto orgoglioso del proprio primogenito: un giovane lavoratore, forte, dedito alla famiglia, che non si lamentava mai di niente ed aveva un buon cuore. Era incredibile che Matthias avesse una costituzione fisica così impressionante, malgrado la mancanza di alimentazione che a volte avevano dovuto sopportare. Era alto 1.90m, aveva un viso ovale, con la mascella ben definita, i capelli lisci castano chiaro e gli occhi verdi con lunghe ciglia. Per aver lavorato tanto nei campi, aveva un corpo muscoloso, spalle e schiena larghe e forti gambe, che facevano ricordare un atleta olimpionico dei 100 o 200 metri.

Jean-Pierre sapeva che i figli non avevano vissuto un'adolescenza normale. Non avevano frequentato nessuna scuola, non avevano amici, né avevano vissuto i primi amori e le prime delusioni di quegli anni. Aveva cercato di insegnar loro cosa fosse l'amore, ma aveva sempre sentito di essere un pessimo professore in questa materia, e l'essere isolati dagli altri esseri umani aveva dato loro poche possibilità di scoprire quello che il padre cercava di trasmettere.

L'altoparlante annunciò, in varie lingue, che la prossima stazione sarebbe stata Biriatu. La famiglia Leduc raccolse le proprie cose rapidamente e si diresse alla porta di uscita. Erano tutti ansiosi di rivedere l'altra sorella di Matthias, che era andata alla città di Biriatu dopo un piccolo incidente familiare. Tutto era successo mentre si trovavano sul tetto per ripararlo, quando una delle gemelle era scivolata su una tegola ed era caduta rovinosamente al suolo. Si era rotta una gamba e l'avevano portata all'ambulatorio più vicino. Jean-Pierre ringraziò Dio che la nazione Serrana fosse arrivata e avesse aperto quel piccolo ambulatorio. Una dottoressa ed un autista l'avevano portata, con l'unica ambulanza disponibile, all'ospedale più vicino, a Biriatu. Una settimana dopo, i restanti membri della famiglia facevano lo stesso viaggio di poco più di 200 chilometri per riunirsi a lei.

In stazione ad aspettarli, con le stampelle e la gamba ingessata, c'era l'altra gemella. I tre corsero verso di lei e la abbracciarono, fra risate e lacrime; erano di nuovo insieme. Jean-Pierre, emozionato, si rese conto di aver raggiunto il proprio obiettivo: aveva salvato i figli, che adesso erano adulti ed avevano appena lasciato il nido.

II

Sara trottava sul suo cavallo, ad un ritmo lento e rilassato, di fianco ad un'amica che cercava di distrarla e di confortarla per l'inevitabile separazione che si avvicinava.

- Sara, sei riuscita a salutare Marcos?

- No! Perché? – Sara sorrise leggermente, sapeva dove l'amica voleva arrivare.

- Beh, fra di voi c'è stato qualcosa, no? Credo che lui sia innamorato di te.

L'amica fece una risatina e con la mano destra si tappò la bocca, perché i due uomini che le precedevano di qualche metro non la sentissero. Sara non rispose, rise mostrando i denti bianchi e perfetti; spostò i capelli per poter ricevere i raggi del sole direttamente sul viso. L'amica continuò:

- Non so come fai, sei una che spezza i cuori – disse facendo una grossa risata senza preoccuparsi che gli uomini sentissero o meno. – Devi dirmi il segreto del tuo successo.

Sara continuava a sorridere e sperava che il viaggio a cavallo non terminasse troppo presto e che il suo maestro, che stava davanti, non desse l'ordine di fermarsi. Perché, quando l'avesse fatto, lei avrebbe dovuto proseguire con lui in un lungo cammino a piedi, lasciando indietro l'amica.

Sara era una giovane donna di ventidue anni, con un viso rotondo e bello, abbastanza scura, tanto che fra i suoi amici qualcuno la chiamava *Pocahontas*. Aveva gli occhi grandi, quasi neri, e una piccola voglia rotonda sulla guancia. I capelli erano lunghi, folti, scuri, e li portava sempre in due trecce laterali che si incrociavano dietro al collo; in quel momento vi aveva appuntato una margherita bianca. Era alta e aveva una postura molto femminile; era costantemente corteggiata dagli uomini.

- Pensi che proseguiremo insieme ancora per molti chilometri? – chiese Sara un po' ansiosa.

- È possibile, non lo so. Sei nervosa?

- Un po'. – Sara abbassò lo sguardo e la sua amica vide che era triste e preoccupata.

- Non ti devi preoccupare, sei preparata, ti sei allenata molto per questo.

Sara stava per dire qualcosa, ma alla fine emise solo un piccolo gemito di tristezza o si potrebbe anche dire di rassegnazione.

- Sai, Sara - disse l'amica, cercando di cambiare argomento e parlando con tono gioviale – qui in questo preciso luogo, nell'era antica, vivevano più di tre milioni di abitanti, in una città che si chiamava Madrid e nei dintorni c'erano altri tre milioni di persone o anche di più.

- Davvero?

- Sì, ho visto in un documentario che le persone vivevano in piccoli appartamenti e ci mettevano due ore ad arrivare al lavoro; c'erano pochi alberi ed era tutto pieno di strade e macchine. Le persone respiravano i fumi di scarico dei veicoli, che circolavano per la città e funzionavano a petrolio. Non avevano molta coscienza dell'ambiente.

- Che strano!

Sara si guardò intorno cercando di immaginare ciò che le stava raccontando l'amica; non c'era nessun vestigio umano nel paesaggio, tranne il piccolo sentiero su cui stavano cavalcando. La vegetazione era composta da querce e faggi, ma soprattutto da bassi arbusti.

- Sarà per questo che gli extraterrestri ci hanno attaccato? Perché ci limitavamo a inquinare e non rispettavamo le altre specie?

- Non so, Sara. Anche se il loro messaggio lo lasciava intendere.

Gli uomini che le precedevano si fermarono e Sara seppe di essere arrivata alla fine del viaggio a cavallo; da adesso in poi, avrebbe camminato con il suo maestro finché lui non l'avrebbe lasciata da sola, perché completasse la propria missione. Le due donne si avvicinarono agli uomini e smontarono da cavallo. Sara non resistette e abbracciò la sua amica fra le lacrime.

- Non sono capace, ho paura.

- Non piangere per favore, Sara, vedrai che ce la farai. Ti sei allenata per questo, sei una vincitrice.

Sara si ricompose e si asciugò le lacrime. Mise lo zaino in spalla e diede due baci all'amica.

- Torneremo a vederci, mia cara amica?

- Ne sono certa.

Sara e il suo maestro lasciarono indietro i cavalli e proseguirono il cammino in silenzio, accompagnati solo dai rumori della natura che li circondava. Si diressero verso est.

Dopo più di un'ora di cammino, Sara pensò di intavolare una conversazione con il suo maestro, per spezzare il silenzio che cominciava ad essere imbarazzante. Mentre pronunciava le prime sillabe il suo maestro si fermò e con la mano destra fece un gesto perché Sara si trattenesse e facesse silenzio. Con cautela, ritirò l'arco e una freccia, mise quest'ultima sulla corda e, girando i piedi di 90 gradi, la indirizzò verso un punto nel mezzo della vegetazione. Silenzio; una certa tensione nell'aria. Sara guardava in quella direzione ma non vedeva niente. La freccia partì e si sentì il gemito di un animale. Si avvicinarono al luogo da cui era arrivato il suono e, fra la vegetazione, videro una lepre che gemeva e si agitava dal dolore, con la freccia conficcata nel fianco. L'uomo le diede un colpo in testa con la punta dell'arco e pose fine alla sofferenza dell'animale.

- Abbiamo la cena. Sara, voglio che spelli questa lepre mentre io cerco della legna e un posto per dormire.

Lei avrebbe preferito andare a cercare la legna invece di spellare il povero animale. Era un'attività che non le piaceva per niente; si ritrovava sempre con le mani sporche di sangue e senza nessuna fonte per ripulirsi.

Dopo aver messo la lepre sul fuoco, l'uomo parlò alla giovane con aria paterna:

- Durante il cammino che farai da sola, dovrai rimanere in silenzio e in completa armonia con l'ambiente intorno a te. Dovrai sapere odorare, ascoltare e sentire la natura, qualunque movimento o odore strano dovrà metterti in allerta. – Fece una pausa, guardando il fuoco come se fosse ipnotizzato, senza posare gli occhi sulla sua alunna. – Quando spelli qualche animale, lascia i suoi resti in un luogo lontano da dove hai intenzione di mangiare e dormire. La pelle funziona come richiamo per gli insetti e per gli uccelli di grande dimensione, il che potrebbe portare un qualunque essere umano ad interpretare che ci possa essere del cibo o un animale morto.

Cenarono in silenzio e poi contemplarono le innumerevoli stelle che punteggiavano il cielo; faceva freddo e si addormentarono davanti ad un fuoco vivace avvolti nei propri mantelli.

I giorni passarono mentre i due avanzavano verso est. Camminavano in mezzo a foreste o boschi e, a volte, in qualche campo aperto; non si avvicinavano mai alle strade asfaltate o ai villaggi. Solo in due occasioni avevano incrociato altri essere umani, dei pastori; li avevano salutati con un rapido movimento della testa ed avevano proseguito senza fermarsi.

- Sara, devi fare attenzione a non avvicinarti alla strada. Non è sorvegliata e potresti incontrare dei ladri. Evita di entrare nei villaggi, a meno che tu non sia ferita. I villaggi sono tutti sorvegliati da telecamere e dalla polizia, è meglio non attirare l'attenzione.

Ancora una volta, il maestro di Sara aveva cacciato un piccolo cinghiale; mentre lei lo spellava e gli toglieva le interiora, l'uomo preparava un fuoco in un luogo appartato. Quando Sara si avvicinò al fuoco con la carcassa dell'animale in braccio, il suo maestro si girò a consigliarla:

- Cerca sempre dei luoghi nascosti per accendere un fuoco. Di giorno fai un piccolo falò con della legna secca, i tronchi verdi possono fare troppo fumo e questo attirerebbe l'attenzione. Invece di notte non ti dovrai preoccupare del fumo ma del chiarore che produrrai, perché potrà essere visto a vari chilometri di distanza.

Misero del sale sulla carne e la gettarono direttamente sula brace; sentirono immediatamente l'odore di carne bruciata e questo aumentò il loro appetito.

- Se qualcuno mi si avvicinasse, come saprò se sono Vandali o gente del gruppo Aurka? Qual è la differenza fra di loro?

- Dovresti già conoscere la risposta a questa domanda, Sara – rispose subito il maestro con un tono di voce seccato, mentre girava la carne sulla brace. – I Vandali sono al di là dei Pirenei, da qualche parte nell'Europa Centrale, fra la nazione Serrana e la regione Sacra. Se dovessi incontrare uno di loro, avrai solo due opzioni: lottare o fuggire. Se fossi catturata ancora in vita diventeresti probabilmente una loro schiava sessuale, ti violenterebbero ed avresti dei figli da uno qualunque di loro. Sono uomini senza legge né principi.

Sara osservava come l'espressione del maestro rivelasse odio e repulsione quando parlava dei Vandali.

Lei non conosceva l'età esatta del suo maestro, probabilmente aveva una cinquantina d'anni. Era piuttosto scuro, magro, di origine nordafricana; non era alto più di 1.75m, aveva i capelli sempre rasati, il viso appuntito con una barbetta bianca e occhi piccoli. Chi non li avesse conosciuti avrebbe detto che fosse suo padre, a causa del colore della pelle. Lui continuò:

- Gli Aurka sono un gruppo di ribelli al regime attuale, si definiscono la resistenza ed hanno come obiettivo quello di reclutare persone che vogliano cambiare il sistema; mettono bombe in luoghi emblematici del regime, soprattutto in caserme dell'esercito e della polizia. Hanno dei principi, non sono selvaggi come i Vandali.

- Tu credi che ci sia una giustificazione per ciò che fanno gli Aurka? Voglio dire, pensi che il regime attuale sia maligno e che nell'era antica si vivesse meglio?

L'uomo rimase per un certo tempo fermo a fissare la brace, come se stesse riflettendo sulla domanda. Dopo la guardò cercando di decifrare se la sua fosse una domanda onesta o se avesse un secondo scopo.

- I loro mezzi non giustificano i fini. Credo che loro stessi non sappiano bene ciò che vogliono. – Divise la carne a metà con l'alunna e cambiò argomento. – Domani arriveremo al burrone di Yecla. A partire da lì dovrai proseguire da sola.

Sara sentì un dolore allo stomaco, come se la carne che aveva appena ingerito fosse avvelenata; si sentì prendere dalla paura e dall'insicurezza e cominciò a dubitare delle proprie capacità. Il suo maestro la osservava e si avvide con facilità di questi segnali nel suo comportamento.

- Non devi preoccuparti, Sara. Sapevi che questo giorno sarebbe arrivato e tu sei preparata per affrontare questa situazione.

Sara aveva abbassato la testa, era seduta per terra con le gambe incrociate e teneva il petto dell'animale in mano, ma adesso faticava a continuare a masticare. Forse non era davvero pronta per questo; poteva ancora tornare indietro?

Il suo maestro, vedendola così demoralizzata, cercò di creare un atmosfera più familiare, visto che sarebbe stata l'ultima notte che avrebbero passato insieme.

- Sara, ti ricordi di tuo padre?

Quante volte aveva sentito quella domanda? Decine, forse centinaia. A volte inventava storie divertenti su suo padre, piccoli aneddoti in cui lui dimostrava di essere un uomo pieno di buonumore e compassione e in cui lei era una ragazzina monella. Però quella notte non riuscì a mentire.

- È morto quando avevo sei o sette anni, praticamente non ne ho memoria. Ricordo di essere stata con lui una volta, insieme a mia madre e a mia sorella nei campi. Avevamo un cane e stavamo giocando con lui, tirandogli una palla perché ce la riportasse. Mia madre fumava e mio padre rideva, era verso sera ed era estate, faceva caldo e il sole produceva riflessi brillanti sul terreno. Ricordo anche un'altra volta in cui giocavo con lui e con mia sorella sulla spiaggia, facendo un castello di sabbia. Ricordo le nostre risate.

Il maestro sembrava incantato mentre ascoltava la storia ed era rilassato, anche lui seduto a terra con la schiena appoggiata ad un albero.

- Maestro, tu dov'eri quando si è verificato l'attacco degli extraterrestri?

- In un campeggio con mia moglie ed i miei figli. A circa 100 chilometri a sudest di Casablanca, che era il nome di un'importante città del Marocco. Loro non hanno attaccato il campeggio.

- E come sei arrivato qui?

- Siamo stati fra i primi rifugiati a fuggire verso la Penisola Iberica prima ancora che l'Impero Serrano entrasse nel Nord Africa. La situazione era complicata per la mancanza di beni di prima necessità e dovevamo ancora sottostare ai "signori feudali", che in nome della religione pretendevano metà del nostro cibo. Abbiamo dovuto fuggire.

- Maestro, hai nostalgia dell'era antica?

La conversazione era piacevole e rilassata; l'uomo ci mise un po' a rispondere alla domanda, sembrava che stesse pensando e ricordando una vita passata.

- Ho nostalgia degli amici e dei familiari che ho perso. C'erano anche cose positive nell'era antica.

- Ad esempio? Senza pensarci troppo, cosa era meglio e cosa peggio nell'era antica?

Sara era vivace, era molto raro poter parlare con il suo maestro di argomenti estranei alla sopravvivenza e ai consigli militari. Adesso mangiava a buon ritmo.

- Io direi che la cosa migliore era, senza dubbio, la quantità di arte che si produceva. Era impossibile assorbire tutta l'arte creata a quei tempi: musica, cinema, libri, pittura. La popolazione mondiale era immensa, al contrario di oggi, che siamo pochi ed abbiamo altre preoccupazioni. Come aspetto peggiore – fece una pausa – quasi tutto, ma soprattutto l'ossessione per il denaro e per il successo.

- Quindi credi che stiamo meglio adesso?

- Direi di sì, ma dipende dalla prospettiva di ognuno. Certamente i membri del gruppo degli Aurka direbbero di no, direbbero che viviamo in un'epoca di oppressione.

- Hai voglia di tornare dalla tua famiglia?

- Ovviamente – disse l'uomo sorridendo. – Ma è stato un piacere fare questo viaggio, sicuramente racconterò questa storia ai miei nipoti.

I due risero e si prepararono a dormire. Sara ci mise un po' ad addormentarsi, l'indomani sarebbe rimasta per conto suo; sola, senza sapere che pericoli avrebbe potuto incontrare e senza poter tornare indietro.

A metà pomeriggio arrivarono al burrone di Yecla; era un luogo pieno di pietre giganti, fra le quali si snodava un sentiero tortuoso. Veramente magnifico, osservò Sara. Di fianco al sentiero, sempre fra i massi, un piccolo ruscello scorreva a grande velocità. Faceva abbastanza freddo e minacciava di piovere da un momento all'altro.

- Pare che siamo arrivati alla fine della strada – disse l'uomo, con il cappuccio sulla testa per evitare il freddo e l'umidità di quel posto. – Questo luogo non è cambiato rispetto a 35 anni fa, quando ci sono venuto con i miei genitori.

Sara tremava per il freddo e anche per il nervosismo. Era arrivato il momento dell'addio.

- Non puoi proseguire ancora per un po', maestro?

- Non devi temere nulla, Sara. Segui la mappa che ti ho preparato e ricordati dei consigli che ti ho dato.

Si abbracciarono, emozionati. Sara aveva gli occhi pieni di lacrime.

- Grazie, maestro, non ti dimenticherò mai.

- Nemmeno io dimenticherò te, Sara. Prendi un regalo di addio.

Sara accettò un piccolo pacchetto, con le lacrime che le scorrevano sul viso.

- Cos'è? – E, senza aspettare la risposta, lo aprì. – Un lettore di musica ad energia solare?

- Sì, perché tu possa ascoltare un po' di musica mentre cammini, ma solo quando sarai certa che non ci sia nessun pericolo.

Sara ringraziò il maestro con un forte abbraccio, si asciugò le lacrime e cominciò ad allontanarsi da lui. Dopo cinquanta metri guardò indietro, e vide che lui era ancora lì, fermo a guardarla; poi fece un cenno di saluto con il braccio e girò a sinistra, sparendo fra le enormi rocce.

Che musica avrà messo il suo maestro in quel lettore? Certamente i suoi amici lo avevano aiutato. Guardò la mappa e la bussola che il suo mentore le aveva consegnato, mise gli auricolari nelle orecchie ed ascoltò il primo brano. Lo identificò dai primi accordi: *In for the kill*, della sua artista preferita dell'era antica, La Roux. Fece una piccola risata, toccò l'arma con la punta delle dita e continuò il cammino con spirito rinnovato.

III

Un altro vagone venne aggiunto alla fine del convoglio, pochi minuti prima della partenza. Il macchinista trovò la cosa strana e vi si diresse, per trovarsi davanti i soldati armati di fucile appartenenti ad un comando speciale; decise quindi di tornare al proprio posto di lavoro.

Dentro al vagone c'erano circa venti uomini, fra loro due dei principali elementi dell'auto denominatosi Impero Serrano: Gustavo Correia, il presidente del governo, e il suo ministro della difesa, Paulo Morais.

Gustavo era eccitato, era da molto tempo che non partecipava ad un'operazione simile; cercò di ricordare l'ultima volta che aveva preso parte ad un intervento militare ed ebbe difficoltà ad identificare la data. Era seduto dal lato del finestrino, con gli stivali appoggiati sul sedile di fronte e, di fianco a lui, c'era il ministro della difesa con varie carte e relazioni da trattare durante le otto ore di viaggio che avrebbero fatto insieme, quattro all'andata e altre quattro al ritorno.

- Guarda, Gustavo, qui c'è una questione niente male. – Il suo ministro della difesa, dall'accento brasiliano, sembrava divertito. – La tua segretaria chiede: che regali o pensieri vuoi portare alla prossima riunione con il rappresentante della regione Sacra?

I due fecero una grossa risata. Era una battuta che solo loro potevano capire.

- Io direi che non ci saranno regali alla prossima riunione, solo sorprese. – Gustavo quasi non riuscì a terminare la frase dal tanto ridere.

- Ci sarà una grande grigliata alla prossima riunione. – Paulo Morais piangeva dal ridere. Quando riuscì a controllarsi, assunse un'aria più seria. – Dobbiamo parlare di questa operazione. Il momento si sta avvicinando.

Paulo Morais era originario di Minas Gerais, più precisamente della città di Divinopolis. Era nero, alto quasi due metri e per questo motivo era conosciuto come Paulão. Aveva lasciato il Brasile all'età di venticinque anni ed era emigrato in Spagna, nella città di Saragozza. Era professore di capoeira e jiu-jitsu, e aveva insegnato in una palestra della città per dieci anni, fino al giorno in cui il pianeta Terra non era stato attaccato dall'astronave parcheggiata sulla luna.

In quel giorno preciso, così come era solito fare tutte le domeniche, Paulão era uscito con un compatriota a correre per molti chilometri in un parco naturale, conosciuto anche per il fatto di essere un osservatorio ornitologico. I due avevano visto come, all'orizzonte, la città di Saragozza si fosse riempita di fumo.

Nei primi tempi dopo l'attacco, Paulão e il suo amico avevano vagato senza meta alla ricerca di cibo: in case abbandonate, orti, contenitori della spazzatura, fienili, ecc. Avevano incontrato altre persone, soprattutto uomini, e avevano costituito una specie di banda. Erano nomadi, rubavano qualunque cosa, cacciavano, pescavano e dormivano quasi sempre all'aperto.

Un giorno il compatriota di Paulão aveva fatto una terribile caduta ed era morto; i restanti membri avrebbero voluto mangiarlo, stavano morendo di fame. Paulão li aveva affrontati, il suo amico meritava un funerale dignitoso. Era stata la fine dell'amicizia fra ladri. Paulão era già scontento del gruppo, a causa della mancanza di principi che lo governava. Oltre ad essere dei truffatori, alcuni elementi aggredivano sessualmente le donne che incontravano e chiamavano "frocio" Paulão perché si rifiutava di fare lo stesso. Il gruppo si era separato con cattive parole e venendo anche alle mani. Paulão aveva celebrato il funerale del suo amico e si era diretto verso ovest. Circolavano voci sulla nascita di una nuova civiltà.

Si era adattato rapidamente alla regione Serrana. Si era arruolato nell'esercito ed era salito velocemente nella gerarchia. Era un leader naturale, sempre di buon umore, che sapeva tenere alto il morale dei commilitoni e credeva nei principi della allora piccola nazione Serrana.

Aveva raggiunto il grado di Generale e la sua popolarità era tale che aveva cominciato a condurre un programma radiofonico settimanale, in cui raccontava aneddoti e incentivava i giovani a praticare sport e autodifesa. Celebrava il grande leader Gustavo e le imprese e le glorie della nazione. Dalla radio era passato alla televisione, la sua popolarità era aumentata, e questo aveva portato Gustavo ad offrirgli il ruolo di ministro. Era certamente una delle persone più popolari del governo, e il suo modo di parlare brasiliano, pieno di espressioni tipiche di Minas Gerais, era già usato abitualmente dalla popolazione.

Gustavo osservava il paesaggio, mentre si dirigevano verso nord. Le querce da sughero e i lecci venivano sostituiti da pini, eucalipti e querce. La vegetazione era più verde, più fitta, i vestigi umani erano pochi. Venne sera presto e Gustavo non poté più godere del paesaggio, dal finestrino si vedeva solo l'oscurità della notte e il riflesso della sua figura. Aveva 52 anni, il suo viso rotondo era più allungato, con la pelle più flaccida e il collo più grasso. Era ancora magro, ma aveva una pancia ben visibile. I suoi occhi azzurri erano più spenti, stanchi, con più rughe intorno. Era quasi totalmente calvo, i pochi capelli che aveva ancora erano bianchi e sempre tagliati cortissimi. Portava una barba corta e ben curata, praticamente bianca.

Il viaggio era alla fine. La comitiva uscì con sollievo dalla carrozza, aveva voglia di azione. Appena fuori dalla stazione trovarono due jeep con il cassone aperto che li aspettavano. Il gruppo si divise in due: il primo si recò dritto alla caserma della polizia locale per occuparla e arrestare il comandante e i restanti poliziotti per corruzione, mentre il secondo gruppo andò in direzione della casa del famoso imprenditore di quella piccola località.

Gustavo e Paulão facevano parte del secondo gruppo, insieme a sette o otto uomini. Quel piccolo villaggio stava crescendo a vista d'occhio, con varie fabbriche di mobili e un aumento della popolazione, che si ammassava in edifici vicino alle suddette fabbriche. A Gustavo non piaceva ciò che vedeva. Le leggi sulla costruzione che aveva emanato per tutte le regioni qui venivano chiaramente violate. C'erano palazzi molto alti, che non sfruttavano l'energia solare. Cominciò a sentirsi irritato.

Attraversarono la cittadina e girarono in direzione di una piccola collina, sulla cui cima si elevava un'imponente villa. Mentre si avvicinavano, si trovarono davanti un grande cancello e un poliziotto con un fucile in mano che bloccò loro il cammino. Scesero tutti dalla macchina e il poliziotto rimase sorpreso nel vedere tanta gente armata e in uniforme. Non riconobbe nessuno, e solo quando i suoi occhi si fissarono sul nero enorme capì che si trattava del personaggio dei programmi televisivi.

- Cosa fai qui, ragazzino? – gridò Paulão al poliziotto, che era almeno trenta centimetri più basso di lui.

L'uomo impallidì, piuttosto nervoso, e si mise in una posa militare rigida, sull'attenti.

- Sto solo eseguendo gli ordini – disse sottovoce e con timore.

- Il tuo dovere non è fare la guardia al cancello di nessun magnate, ma è pattugliare le strade. Il tuo dovere, quando ricevi un ordine che va contro i principi che hai imparato all'accademia di polizia, è denunciarlo, potendo e dovendolo fare in forma anonima.

Gustavo mandò due dei suoi soldati a pattugliare l'entrata insieme al poliziotto, a cui fu sottratto il fucile.

Il gruppo entrò dal cancello della proprietà; questa ricordava i film dell'era antica, con un bel giardino, pieno di fiori colorati e con alcune statue come decorazione. Esattamente al centro della proprietà e vicino all'edificio principale c'era una rotonda, che era ornata al suo interno da una fontana che spruzzava acqua in varie direzioni.

Prima di entrare dalla porta principale, gli uomini esaminarono le auto che si trovavano nel garage. Risalivano tutte all'era antica, veicoli da collezione, cari, ben curati, delle vere reliquie. Sembrava di stare in un museo, ad osservare vecchi oggetti di una civiltà perduta da moltissimo tempo.

Gustavo bussò con forza alla porta principale per tre volte; arrivò il maggiordomo, che li stava aspettando e che li ricevette con un largo sorriso, precedendoli nella casa spaziosa fino al luogo in cui i suoi padroni stavano cenando. Così come il giardino ben curato e il favoloso garage, la casa dell'imprenditore era una magione lussuosa: quadri, tappeti, statue, lampadari, mobili, tutto era estremamente vistoso, dispendioso, stravagante, espressione di qualcuno voleva ostentare il proprio status economico. Il maggiordomo aprì la porta di cristallo sui suoi signori. Tutti gli uomini entrarono con il revolver in mano, con Gustavo e Paulão per ultimi.

I padroni di casa, all'inizio, non capirono cosa fosse tutto quel rumore e quella confusione, però quando videro la presenza degli ultimi due uomini, si resero conto che c'era un problema.

- Chiedo scusa, signore e signori, per aver interrotto la vostra bella cena. – Gustavo avanzò nel salone e mise via il revolver, con un'aria cinica e uno sguardo penetrante, pieno di sicurezza. – Anche se credo che ci steste aspettando.

I sette elementi della famiglia stavano mangiando su un bellissimo tavolo di quercia massiccia color castano scuro. La tavola era ricoperta di vassoi e il cibo aveva un aspetto delizioso. I padroni di casa, vedendo gli uomini, rimasero sconvolti, rigidi come statue, senza sapere come comportarsi. Una cameriera stava in un angolo del salone.

- Tu. – Gustavo indicò la cameriera con il dito. – Porta i due bambini a giocare in giardino.

I due bambini spaventati guardarono i genitori in attesa della loro approvazione, poi uscirono dalla sala con la cameriera, confusi e pieni di paura.

Gustavo si mise a capotavola e guardò con curiosità l'altra estremità del tavolo, dove c'era l'imprenditore.

- Saprete già il motivo per cui mi trovo qui, no? – Silenzio, gli anfitrioni tenevano la testa bassa, in tensione. – Io vi avevo avvisato. Ho ripetuto varie volte che non potevate vivere in questa situazione. – Gustavo aprì le braccia, come per contenere tutto il lusso che c'era nella casa. – Voi non mi avete voluto ascoltare, per questo sono venuto fin qui per mettere i puntini sulle i. Come giustificate la vostra vita circondati da tanta ricchezza, mentre i vostri lavoratori sono sfruttati giorno dopo giorno e vivono in baracche vicino alle fabbriche? Come vi siete permessi di usare la polizia per i vostri interessi?

Gustavo parlava con vivacità, guardando dritto verso l'imprenditore, che cercava di evitare il contatto visivo. Continuò:

- Avete veramente bisogno di tutto questo? Perché? Per cercare di impressionare i visitatori? Non sarebbe più appropriato aprire una biblioteca? O un ospedale? Finanziare una borsa per la ricerca con il vostro nome, così come fanno gli altri industriali? Ma no, voi pensate di vivere ancora nell'era antica, pensate che chi ha denaro sia al disopra della legge. Potete vivere pieni di privilegi, mentre gli altri mangiano le vostre briciole. Il vostro contributo alla città e alla società potrebbe essere determinante, e invece l'avidità e la prepotenza hanno fatto sì che pensaste di essere superiori alla legge.

Il figlio dell'imprenditore intervenne:

- Mio padre è un uomo degno, ha creato queste fabbriche e ha dato lavoro e cibo a molte famiglie, voi dovreste ringraziarlo.

L'imprenditore temette il peggio, guardò il figlio con riprovazione per il suo commento, mentre il giovane fissava l'imperatore con aria di sfida. Gustavo e Paulão, che all'inizio si stupirono dell'intervento del ragazzo, fecero una grossa risata, alla fine della quale Gustavo fece un piccolo segnale a Paulão che, con un movimento ammirabilmente veloce per un uomo di cinquant'anni, colpì violentemente il viso del giovane, che rovinò a terra insieme alla sedia sulla quale era seduto. Gli altri elementi della famiglia gridarono e si misero le mani sulla testa o sulla bocca, pieni di apprensione. Il figlio, stordito sul pavimento, cercò di riprendere i sensi e sentì lo stivale di Gustavo sulla faccia, che lo schiacciava a terra.

- Signor Bernardo Bonifacio, direttore delle risorse umane delle imprese di suo padre. Tu non sei altro che un *playboy*. Hai sempre vissuto all'ombra del paparino, con tutti i lussi di un bambino viziato. Approfittando della tua carica per assumere chi ti conveniva. O pensi che non sappiamo che hai due figli bastardi? Frutto del tuo abuso sulle lavoratrici in cambio dell'assunzione. Tutto questo con il consenso di tua moglie e del resto della famiglia. – Gustavo guardò la tavola, dove i familiari mantenevano la testa bassa e si sentiva il pianto di una donna. – Sono le persone come te che servono alle nostre prigioni, per lavorare dieci o dodici ore al giorno, per dar valore al lavoro e smettere di essere parassiti.

Gustavo diede un calcio allo stomaco di Bernardo, che gemette per il dolore. Sua madre si alzò e si inginocchiò davanti a Gustavo, con il viso pieno di lacrime e le mani giunte.

- Per favore, perdoni nostro figlio; la colpa è nostra.

- La colpa è di tutti voi. Tutti siete venuti a patti con questa situazione.

Paulão afferrò Bernardo e, in modo brusco, lo rimise a sedere a tavola. Questi, con il viso contorto dal dolore, rassegnato e umiliato, aveva appoggiato la testa sul tavolo e si teneva la pancia. Gustavo proseguì:

- Non sarò io a giudicarvi. Per questo è venuto con noi un giudice che valuterà in loco il vostro atteggiamento nei confronti della nostra società. Al contrario di ciò che succedeva nell'era antica, in questa situazione non ci sarà bisogno di avvocati, né ci saranno ricorsi. Il signor giudice decreterà la vostra sentenza stanotte stessa.

In un angolo c'era un uomo, di mezza età, che osservava tutto con indifferenza; era lui il giudice. Scambiò uno sguardo rapido con Gustavo e quest'ultimo continuò:

- Nonostante ciò, siccome sono un leader benevolo, voglio dare una possibilità ad alcuni elementi di questa famiglia. A priori, sia Bernardo che i suoi genitori passeranno i prossimi quindici anni in prigione ai lavori forzati, ma io non voglio lasciare i due poveri bambini orfani di padre e madre; pertanto, vi offrirò un'opportunità.

Gli occhi adesso erano tutti puntati sulla sorella e sulla sposa di Bernardo. Continuavano a tenere la testa abbassata, nervose, e non riuscivano a nascondere il panico che le aveva afferrate.

- Voglio che voi mi diciate dove sta il denaro. – Fece una pausa. – Io so che voi siete a conoscenza del luogo in cui è nascosto. Se collaborerete con me, potrete rimanere in questa casa, tenere un po' di terreno per sopravvivere; a voi sarà risparmiata la prigione e i bambini eviteranno l'orfanotrofio.

La moglie di Bernardo alzò lentamente la testa, e con uno sguardo fiducioso disse:

- Dietro al ritratto della famiglia, alle sue spalle, eccellentissimo imperatore, c'è la cassaforte. Lì c'è una parte del denaro.

Lo sguardo di Gustavo rimase sulla moglie di Bernardo; "i topi sono i primi ad abbandonare la nave", pensò. Probabilmente questa donna aveva sopportato tutti i tipi di vessazioni da parte della famiglia e, soprattutto, da parte del marito. E adesso, quando vedeva che la barca stava affondando, aveva deciso di afferrare il salvagente. Un soldato tolse il ritratto dalla parete e confermò la presenza di una cassaforte.

- Adesso voglio che sia tu – indicò la sorella di Bernardo – a dirmi qual è la combinazione.

La giovane tremava come una foglia, guardava disperata i restanti membri della famiglia, senza sapere se rimanere fedele a loro o se tentare di salvare la pelle, così come aveva fatto la cognata. I suoi dubbi erano ben maggiori; sebbene avesse criticato varie volte il modo in cui i genitori spendevano il denaro, aveva sempre goduto di una vita comoda e facilitata dal potere del padre. Sua cognata era disposta a dare la combinazione, però Gustavo le fece un cenno perché tacesse, voleva che la figlia dell'imprenditore si decidesse.

- Vuoi rimanere qui con i tuoi nipoti o andare con il resto della tua famiglia alla capitale dell'Impero, agli accoglienti edifici della prigione?

Tutti si misero a ridere fatta eccezione, ovviamente, della famiglia in questione. L'imprenditore fece un segnale con gli occhi alla figlia, perché lei desse la combinazione e si salvasse la vita. Lei, in lacrime e con voce debole, spezzò il silenzio che si era fatto dopo le risate.

- 17854.

- Brava. Conoscevamo già la combinazione, ma volevamo sapere se ci avresti aiutati o meno. Adesso ci dirai dov'è il resto del denaro. Sarà consegnato alla commissione del paese perché apra una biblioteca o una palestra, o magari un parco per l'infanzia. Una parte andrà ai due figli che il verme di tuo fratello non ha voluto riconoscere. Le fabbriche saranno gestite da una persona competente e meno avida.

L'operazione si concluse con un enorme successo: i poliziotti corrotti e l'imprenditore, insieme alla moglie e al figlio, furono arrestati. Il denaro e i materiali sequestrati furono consegnati alla commissione locale per la realizzazione di opere sociali. I mezzi di comunicazione statali furono chiamati sul posto, per comprovare e trasmettere in tutti gli angoli dell'Impero che nessuno stava al di sopra della legge, e che chi non avesse obbedito alle regole avrebbe avuto lo stesso destino di questi tristi elementi. Questi ultimi, prima di essere condotti in prigione, dovettero ammettere le proprie colpe davanti ai mezzi di comunicazione e chiedere perdono, enumerando tutti i crimini commessi.

Incontri e Scontri

I

Matthias aveva terminato un altro giorno di lavoro nel suo nuovo orto. Era passato qualche mese dal suo arrivo a Biriatu. Lo Stato aveva concesso alla sua famiglia una piccola casa e mezzo ettaro di terreno.

L'orto si trovava in una zona paludosa, vicino al fiume che passava per la regione, il Bidasoa. La terra era scura, piuttosto fertile, con un alto contenuto di materia organica, ideale per l'uso agricolo. Matthias aveva approfittato di ogni centimetro della sua nuova proprietà. Cipolle, fave, patate, lattuga e pomodori erano alcuni dei prodotti che coltivava. Aveva anche una piccola stia dove teneva anatre, galline e conigli. Quasi tutto ciò che produceva nel suo orto era destinato al consumo della famiglia; quello che avanzava lo vendeva al mercato settimanale che si svolgeva nel centro della cittadina.

Matthias si sedette per godere in tranquillità degli ultimi raggi di sole di quella giornata, guardando in direzione della piccola città che l'aveva accolto. Dalla sua posizione vedeva la parte antica del paese, quella che era sopravvissuta all'attacco, in cima alla collina; dietro ad essa c'erano molte altre colline e montagne, una immensità di verde. Biriatu era un piccolo punto, una piccola isola, circondata da vaste foreste.

Lasciò il suo terreno e si diresse verso la città. Salutò alcuni agricoltori che, come lui, cominciavano a lasciare le paludi. Sebbene la sua casa si trovasse nella zona nuova del paese, sotto la collina, a Matthias piaceva sempre fare un giro nella parte antica di Biriatu. Saliva sulla collina ripida, passeggiava lungo qualche stradina stretta e passava di fianco al *fronton*[1], dove c'erano abitualmente partite di pelota basca, ma dove si svolgeva anche il mercato settimanale. Poi saliva fino alla chiesa e passava da un tunnel di fianco a questa, che dava accesso al cimitero. Attraversava il camposanto e scendeva alcuni gradini che portavano ad una strada; dall'altro lato di questa c'era il quartiere proibito, che si trovava sul versante della collina che dava sul fiume Bidasoa.

Era un quartiere nuovo, costruito quando già esisteva la nazione Serrana. Le strade erano larghe e abbastanza pulite; il quartiere era composto essenzialmente da attività commerciali. C'era qualche piccolo casinò e dei bar per consumatori di droghe come la marijuana, la cocaina o l'oppio. Tuttavia, ciò che richiamava l'attenzione di Matthias era la zona dove si trovavano le prostitute. Era una via di edifici a due piani, con ampie finestre, dove si potevano vedere donne in attesa di qualche cliente. Matthias vagava lentamente e timidamente per la strada, collocandosi all'angolo di un edificio dal quale poteva osservare, senza essere visto, una prostituta dalla quale era attratto.

Probabilmente questa aveva una decina d'anni più di Matthias. Era mora, con i capelli ondulati lunghi e neri, occhi scuri e viso ovale. Si vestiva sempre di nero, con abiti larghi. Esibiva una postura autoritaria, che andava d'accordo con il suo naso un po' altezzoso. Matthias era geloso quando vedeva che la tenda della sua finestra era chiusa; era il segnale che poteva avere un cliente, sebbene lui preferisse pensare che la donna stesse preparando la cena o sbrigando qualche altra faccenda domestica. Non poteva restare mai per molto tempo all'angolo della strada, il quartiere proibito era vigilato dalla polizia e, più di una volta, un agente gli aveva chiesto cosa stesse facendo lì impalato. Sognava di avere denaro sufficiente per poter pagare quella donna e perdere con lei la verginità.

Dopo la visita abituale al quartiere proibito, Matthias tornò verso casa. Generalmente era triste e melanconico, sentiva una specie di vuoto, gli mancava qualcosa. Per tutta la sua vita si era dovuto nascondere dagli altri uomini. Il suo contatto con il prossimo si era limitato ai rapporti con qualche vicino. Non sapeva come comportarsi con una donna. La sera guardava film romantici, la maggior parte dell'era antica, e fantasticava che un giorno avrebbe conosciuto una donna della sua età e che si sarebbero innamorati.

Viveva in una piccola casa, affittatagli dallo Stato per una somma irrisoria. C'era un'unica camera da letto, dove dormivano le gemelle, una sala, dove Matthias dormiva sul divano, e una parvenza di cucina, ma con tutti gli elettrodomestici. All'inizio i tre fratelli non sapevano a cosa servissero quegli apparecchi; li avevano visti nel castello in cui erano cresciuti, ma mai in funzione. Trovavano strano che esistesse una macchina per lavare gli abiti, quando loro praticamente possedevano solo stracci. Erano tutti molto grati alla generosità dello Stato Serrano e ripetevano la frase che sentivano in televisione:

"sempre giusto e generoso con i poveri ed i lavoratori; impietoso con i pigri ed i corrotti".

Il padre, Jean-Pierre, aveva deciso di tornare al castello, temendo che la sua assenza potesse indurre qualcuno a derubarlo o ad occupare la sua proprietà; inoltre, aveva visto che nella casa a Biriatu non c'era spazio a sufficienza per tutti. Mensilmente faceva una visita ai figli e in quelle occasioni dormiva sul divano insieme a Matthias. Portava vari prodotti agricoli, con l'intenzione di aiutare i figli, ed ogni volta si sentiva più tranquillo nel vedere che la sua prole non aveva già più bisogno di lui.

La sorella di Matthias che a suo tempo si era rotta una gamba aveva recuperato quasi totalmente. Le due gemelle avevano studiato cucito e lavoravano in una piccola fabbrica tessile. Per un po' di tempo avevano aiutato Matthias nei lavori agricoli, ma quando avevano trovato un posto in fabbrica avevano smesso con sollievo di collaborare con il fratello. Al contrario di quest'ultimo, le gemelle si erano adattate molto bene a Biriatu. Avevano molte amiche, che lavoravano con loro o che avevano conosciuto mentre imparavano la professione. Non mancavano loro pretendenti e una aveva già un fidanzato.

Matthias, vedendo che anche la sua presenza in casa non era più necessaria, decise di arruolarsi nell'esercito Serrano. Le sorelle lo appoggiarono, malgrado fossero preoccupate per quello che gli sarebbe potuto succedere. Lui aspettò una visita del padre per informarlo della sua decisione.

Padre e figlio si trovavano nell'orto di Matthias, dove lavoravano tranquillamente, conversando amabilmente; per questo il giovane sentì che fosse il momento appropriato per informare il genitore.

- Papà, ho deciso di arruolarmi nell'esercito.

Jean-Pierre interruppe quello che stava facendo e con sorpresa disse:

- Davvero? Perché? Non è possibile!

- È ciò che voglio, papà.

- È quello che vuoi? Ma sei pazzo? Ti manderanno a lottare contro i Vandali, sarai carne da cannone.

- No, non è così. - Matthias cercava di abbassare i toni della conversazione, parlando con voce tranquilla. – Mi sono già informato bene sul tema: farò qualche mese di formazione, poi tornerò a Biriatu per fare pratica e magari potrei concorrere per la polizia.

- Ma tu non hai bisogno di entrare nell'esercito. Perché non studi di notte e non impari un mestiere? Non hai ragione di rischiare la tua vita!

Jean-Pierre era piuttosto alterato, sentiva caldo e dalla fronte gli scendevano gocce di sudore. In quel momento desiderò di non aver mai abbandonato il castello con i suoi figli.

- Papà, nell'esercito posso anche imparare un mestiere. È ciò che voglio, è la mia decisione.

- E le tue sorelle? Le lascerai qui da sole?

- Loro non hanno bisogno di me. E se sei tanto preoccupato, lascia il castello e vieni qui a vivere con loro. – Matthias non riusciva più a mantenere la calma, parlava a voce alta, agitando le braccia. – Io non ho mai chiesto niente, ho sempre fatto ciò che mi hai domandato. Adesso ti chiedo di appoggiarmi nella mia decisione.

Jean-Pierre abbassò la testa, aspettò un attimo e si avvicinò al figlio. Lo guardò negli occhi e appoggiò la mano destra sulla spalla del suo erede. Con uno sguardo conciliante, gli disse:

- Ok, figliolo, hai ragione. Hai raggiunto l'età per scegliere il tuo destino.

I due si abbracciarono e si sedettero su una delle pietre che usavano come sedili.

- Quando eravate piccoli, nell'era antica, immaginavo sempre che avreste avuto un destino molto diverso. Che avreste frequentato buoni collegi, le migliori università, che sareste diventati medici, giudici, che avreste avuto incarichi importanti e ben retribuiti.

- Hai fatto un buon lavoro, papà. Devi essere orgoglioso di noi e, soprattutto, di te stesso. Se siamo vivi è grazie a te.

Un mese dopo Matthias lasciò Biriatu, fra le lacrime e gli abbracci delle sorelle. Partì in treno per recarsi alla maggiore caserma militare del nord della Penisola Iberica, nella località di Padilha de Abajo.

II

Dal luogo in cui aveva lasciato il suo maestro fino alla valle di Pancorbo, Sara aveva percorso 200 chilometri. Aveva impiegato poco più di dieci giorni, camminando ad un ritmo rilassato, non aveva fretta. Si era fermata frequentemente alla ricerca di legna, di cibo o semplicemente per contemplare il paesaggio.

Non era riuscita a cacciare nessun animale selvatico; durante il cammino si era imbattuta in un cinghiale e in un cervo, ma non era stata sufficientemente rapida né agile con la sua arma e gli animali erano scappati. Aveva dato la colpa alla sua arma, una balestra abbastanza moderna e leggera, che aveva l'apparenza di un fucile, con il grilletto e la mira telescopica. Sara la portava appesa alla cintura. Avrebbe preferito una qualunque arma da fuoco, ma il suo maestro l'aveva obbligata ad usare la balestra in quanto si trattava di un'arma silenziosa; non attirare l'attenzione era imprescindibile.

Nello zaino aveva qualche scorta di cibo, che consumava poco a poco. Cercava di dormire in luoghi appartati, in case abbandonate o sotto alberi dalla folta chioma. Faceva sempre un piccolo falò per riscaldarsi durante la notte; era già primavera, ma di notte la temperatura era ancora bassa.

Seguiva la mappa che era stata preparata per lei. In essa era dettagliato il percorso che avrebbe dovuto effettuare, sempre lontano dalle città e dalle strade. Nel corso di quei 200 chilometri aveva incontrato un solo essere umano. Si trattava di un pastore con un grosso gregge di pecore. Questi camminava tranquillamente con un fucile in spalla. Nel vederla si era fermato in tensione, ma dopo aver capito che si trattava di una giovane donna, la sua tensione si era trasformata in curiosità. Aveva pronunciato qualche parola che Sara non aveva compreso e lei si era rapidamente allontanata.

Quando arrivò alla valle di Pancorbo pioveva a dirotto e, oltre alla pioggia, il vento era forte e le rendeva difficile proseguire. Cercò un luogo riparato per passare la notte. Era inzuppata e voleva solo un posto asciutto per cambiarsi gli abiti e poter dormire senza sentire freddo. Doveva fare in fretta a trovare un riparo, perché la notte sarebbe stata molto scura e lei aveva solo una piccola lanterna.

Quando ormai era quasi buio trovò un posto che le sembrava ideale. Era sotto ad un antico ponte di pietra, al di sopra del quale correva una linea ferroviaria. Il ponte aveva tre pilastri e uno di questi era molto vicino ad un'enorme roccia, rendendole possibile ripararsi dalla pioggia e dal vento. Però il terreno era bagnato, il vento soffiava con forza e Sara era esausta per quella lunga giornata trascorsa sotto l'acqua. Avrebbe avuto bisogno di un buon pasto e di un letto comodo per recuperare le forze.

Si appoggiò più che poteva all'enorme pietra e, seduta con le ginocchia piegate, abbassò la testa e circondò le gambe con le braccia cercando di riposare un po' mentre si riparava dalle intemperie. Rimase in quella posizione per molto tempo e quando sollevò la testa non si vedeva già più niente, si trovava immersa nella totale oscurità di quella notte. Tolse lentamente lo zaino dalle spalle e cercò degli abiti asciutti. Preparò il suo telo per poter dormire più riparata, ma prima mangiò qualcosa. Aveva ancora qualche barretta energetica, mele e arance e anche una piccola cavalletta che aveva raccolto lungo il cammino.

Mentre mangiava la mela decise di dare un'occhiata alla mappa, per verificare il cammino del giorno seguente. Aveva la lanterna in una mano, il frutto nell'altra e la mappa tenuta fra le ginocchia. Però in una frazione di secondo una raffica più forte di vento le fece scivolare la mappa dalle ginocchia e la spedì nell'oscurità assoluta che la circondava. Sara entrò nel panico, si alzò di scatto e, con la lanterna in mano, cercò di illuminare tutto intorno, alla disperata ricerca del foglio di carta. "No, non può essere! Per favore, no!" Lì, nel mezzo dell'oscurità, sotto la pioggia torrenziale, sotto un vento violento, Sara piangeva e girava intorno nella speranza di trovare, miracolosamente, la sua mappa. Era confusa ed ebbe difficoltà a ritrovare il suo riparo. Tornò ad appiattirsi contro la roccia, con gli abiti di nuovo bagnati, piangendo perdutamente. Si addormentò sotto al telo, singhiozzando, distrutta dalla stanchezza.

Si svegliò alle prime luci dell'alba. Il cielo era ancora scuro, ma il vento si era calmato. Si alzò rapidamente e iniziò una nuova ricerca della sua mappa; adesso vedeva il terreno con chiarezza: pietre, cespugli, rami di alberi, arbusti. Non c'era traccia della mappa. Per tutta la mattina cercò vicino al ponte, e si allontanò da lì sempre con gli occhi a terra. Sarà finita appesa a qualche albero? Cercò fra i rami, salì sul ponte e guardò da un'altra prospettiva, ma la mappa continuava a non spuntare. Cercò di convincersi che la mappa non fosse poi così importante. Lei aveva una bussola e sapeva di dover proseguire verso nord-est.

Si lasciò Pancorbo alle spalle e continuò il suo cammino. Affamata e depressa, senza abiti asciutti, sentiva che non sarebbe riuscita a portare a termine la propria sfida. Probabilmente non era la persona idonea per questo tipo di compiti, rifletté mentre camminava trascinando i piedi più del solito. Si trovò davanti un sentiero che si divideva in due; esitò. Si ricordò della mappa. Decise di andare a sinistra.

Sette chilometri dopo concluse di aver sbagliato direzione, questo sentiero andava verso l'autostrada, restandone all'esterno, e terminava in una foresta di querce. Salì su una piccola collina e da lì osservò l'autostrada. Ci passavano pochi veicoli.

Raccolse della legna, fece un piccolo falò sotto all'enorme chioma di un olmo, facendo attenzione che non si potesse vedere dalla strada. Mangiò il poco che aveva nello zaino e, prima di addormentarsi, immaginò di essere a casa della nonna, seduta a tavola, in attesa di un piatto colmo di cibo. Magari un baccalà con panna o chissà un'ottima zuppa di fagioli.

Il giorno seguente proseguì in direzione nord-est, senza perdere mai di vista l'autostrada. Si sentiva debole e sempre più affamata. Avvistò un rapace abbastanza vicino, preparò la balestra, ma la freccia passò lontano dall'obiettivo. Vide dei funghi e desiderò mangiarli senza preoccuparsi se fossero velenosi o meno, ma ancora una volta sentì nella testa la voce del suo maestro che le diceva di non farlo, e decise di lasciarli perdere.

Improvvisamente, all'orizzonte, vide un piccolo paese. Avvicinandosi, cominciò a pensare di entrare, rubare qualcosa e tornare in mezzo alla natura. Rubare? Pensò meglio; forse non era necessario rubare, lei nello zaino aveva del denaro, magari avrebbe potuto entrare in qualche taverna e comprare del cibo. I paesi erano sorvegliati da telecamere, avrebbe potuto avere problemi. Se le avessero fatto delle domande avrebbe dovuto inventare delle menzogne minimamente credibili.

Nascosta da una foresta di faggi, osservò il paese. Era piccolo, poche persone camminavano per strada e c'erano telecamere all'entrata. Nascose lo zaino fra alcuni arbusti e avanzò con la balestra nascosta sotto alla giacca; nella tasca dei pantaloni portava dei soldi. Entrò in paese con timore, abbassando la testa davanti alle telecamere. Camminava spaventata, come se fosse un animale selvatico in un mondo pulito ed organizzato. Si addentrò nelle strade strette del paese, con case a due piani bianche e giardini curati, incrociò una coppia in età avanzata che quasi non si accorse di lei. Quando vide il primo caffè, vi entrò rapidamente.

Il locale era vuoto. Un uomo fumava la pipa dietro al bancone, mentre leggeva il giornale quotidiano. Sara gli parlò in castigliano, con un accento forzato, di chi non è abituato ad usare quell'idioma. L'uomo, senza mostrare grande interesse per lei, le diede una lista con il menu del pranzo, invitandola a sedersi in un posto qualunque. Lei scelse il tavolo più discreto e ordinò una zuppa di trota come primo piatto e agnello al forno come secondo. La taverna cominciò a riempirsi di gente, ma nessuno sembrava prestare attenzione alla giovane Sara. Alla fine del pasto, pagò l'uomo lasciando una piccola mancia, uscì rapidamente dal caffè e dal paese e riprese il proprio zaino. Camminò velocemente per un paio di chilometri e, quando si sentì sicura, si fermò. Si sdraiò in mezzo a dell'erba alta e ricevette sul viso qualche raggio di sole che si faceva largo fra le nuvole. Sorrise, immaginò la rabbia del suo maestro nel caso in cui avesse saputo che lei era entrata in un paese e mangiato in una taverna. Non era successo niente, però; nessuno l'aveva considerata. Sara era contenta, con la pancia piena e un entusiasmo rinnovato, e fece una piccola siesta.

Quel pomeriggio proseguì verso nord-est, raccolse della frutta e delle bacche, catturò qualche insetto e, alla fine della giornata, accese un piccolo falò in una zona nascosta, dormendo molto meglio della notte precedente. Nel suo percorso incrociò varie volte l'autostrada, ipotizzò che la strada andasse nella stessa direzione che intendeva seguire lei, e concluse che sarebbe stato meglio non perderla di vista.

Ancora una volta, mentre camminava, vide un paese all'orizzonte. Si avvicinò. Era ancora più piccolo dell'altro. Perché non tentare di nuovo? Aveva ancora dei soldi. Prese le stesse precauzioni della volta precedente ed entrò nel paese. Pranzò bene e si allontanò di nuovo rapidamente. Camminò per circa 800 metri su una strada di terra battuta e, prima di tornare ad introdursi nella foresta, sentì il rumore di un'auto che si avvicinava. Si mise in allerta, cominciò a camminare più velocemente e ad allontanarsi dalla strada, pensò di correre; avrebbe potuto trattarsi della polizia o dell'esercito.

- Scusa, dove stai andando? – chiese una voce maschile in castigliano.

Sara, con le pulsazioni accelerate, guardò la macchina: un fuoristrada, decappottabile, con batterie solari nella parte posteriore, e al volante un ragazzo della sua età, forse anche più giovane. Piuttosto attraente, occhi azzurro chiaro, pelle scura, capelli lisci e scuri legati in una coda di cavallo. Non era un poliziotto, solo un ragazzo come lei.

- Se vai in questa direzione, ti posso portare. – disse lui sorridendo con aria rilassata, amichevole.

Sara pensò: "No, questo sarebbe troppo. Entrare nei paesi, camminare vicino a strade ed autostrade e adesso salire sull'auto di uno sconosciuto. No, sto già abusando fin troppo della fortuna."

- Grazie, sto bene così. – E cominciò ad allontanarsi, sorridendo affabilmente.

Dalla parte posteriore del veicolo uscì un altro uomo con un revolver in mano e il braccio teso, che cominciò a dirigersi verso Sara.

- Con calma, bellezza. Dove pensi di andare?

Si fermò a poco meno di un metro da lei; era più vecchio di lei, forse aveva trent'anni, era basso, molto scuro e gli mancava qualche dente.

- Togli lentamente lo zaino dalle spalle e lancialo dentro l'auto.

Sara fece ciò che il ladro le aveva ordinato.

- Cos'hai nelle tasche? Posso vedere?

E, tenendo il revolver contro la testa di Sara, cominciò a toccarla con la mano sinistra, su tutto il corpo, ma soprattutto sul petto e sulle natiche.

- Ramon, amico mio, abbiamo qui una bella principessina. Magari possiamo tenercela per qualche giorno – disse ridendo. – Sicuramente ti piacerebbe succhiare il mio cazzo – le disse all'orecchio, mentre percorreva con la mano il corpo di Sara, finché non arrivò alla balestra.

- E questo cos'è? Cos'è questa cosa?

Sara, con un movimento rapido, prese dalla cintura con la mano destra un lungo coltello mentre con la sinistra afferrò il polso dell'uomo, torcendogli il braccio. Mise la punta del coltello sul collo del ladro in modo talmente brusco da provocargli automaticamente una piccola ferita.

- Fai cadere l'arma, pagliaccio.

Dall'auto il complice teneva Sara sotto tiro con un fucile.

- Ridammi lo zaino – gridò lei.

- No – rispose Ramon dall'auto. – Se lo uccidi, poi tocca subito a te.

Tensione, silenzio, nessuno voleva cedere. Sara sapeva che se avesse ucciso l'uomo la stessa sorte sarebbe toccata immediatamente anche a lei. Ma se l'avesse lasciato andare l'avrebbero forse risparmiata? Dava ormai per perso il suo zaino. Che voglia aveva di perforare con il coltello la gola di quel verme e poi sparare con la sua balestra in mezzo alla fronte dell'altro uomo?

- Abbassa l'arma, ridammi lo zaino e io lascio andare il tuo amico.

- No. Io abbasso l'arma e tu lo lasci andare.

Sara sapeva di non avere altra scelta. Lo liberò, ma prima gli diede un calcio alle gambe che lo fece cadere a terra a faccia in giù, contorcendosi per il dolore. Con un movimento rapido, Sara prese la sua balestra e la puntò su Ramon. Lui continuava a tenerla sotto tiro con il fucile. I due ladri salirono in macchina e partirono a tutta velocità, lasciando Sara da sola, sul ciglio della strada, con il dito sul grilletto a guardare quei due bastardi che si allontanavano sollevando una nuvola di polvere dietro di sé. Raccolse l'arma che il ladro aveva lasciato a terra, era falsa.

Si allontanò dalla strada e si immerse nuovamente nella foresta. Camminava con un ritmo lento, senza direzione, senza guardare la bussola, come se fosse ubriaca e non si ricordasse della strada che doveva seguire. Vergogna. Era quello il sentimento che le invadeva il corpo e l'anima. Trovò un fienile abbandonato, mezzo distrutto, decise di entrare e sedersi per terra.

Voleva piangere, dare sfogo al proprio dolore, ma non le usciva niente. Era in stato di shock, ancora colpita da tutto ciò che era successo. Rifletté sulla propria missione e concluse che era destinata al fallimento. Da quando il suo maestro l'aveva lasciata, Sara non era riuscita a cacciare niente, era entrata in due paesi, aveva camminato a lato di strade. Aveva fatto esattamente quello che lui le aveva consigliato di evitare. Conclusione: non aveva la mappa, lo zaino, gli abiti. Aveva solo un coltello, una bussola, la sua balestra e un revolver falso. Con la sottrazione dello zaino aveva perso anche l'accendino, il telo, il lettore di musica, un po' di cibo e la documentazione falsa. E per di più non poteva andare alla polizia e sporgere denuncia; sarebbe stato facile prendere i ladri, e in quel caso avrebbero dovuto scontare una decina d'anni di prigione ai lavori forzati.

Si ricordò di suo padre. Voleva onorare il suo nome, voleva che lui fosse orgoglioso di lei, fosse dove fosse, magari in cielo, vicino a Dio. Voleva essere all'altezza di tutte le aspettative che si erano create su di lei, ma, nel fondo del cuore, sapeva di aver fallito: non possedeva nessun dono, nessuna abilità speciale, non era particolarmente intelligente o forte. Aveva sempre vissuto all'ombra del mito di suo padre. Venne notte e Sara rimase dov'era con gli occhi aperti, seduta nello stesso punto per ore. Ponderò varie ipotesi: desistere e tornare indietro? Andare alla polizia? Rimanere nella foresta per un anno o due? Abbandonare la regione Serrana al più presto possibile?

Si svegliò per il freddo, pioveva leggermente e l'aria era gelida. Aprì gli occhi ed ebbe la conferma che era ancora notte, non c'era altro che l'oscurità. Si raggomitolò su se stessa per stare un po' più calda, ma non tornò a dormire. Partì ai primi raggi del sole. Direzione: nord-est.

Nei primi 200 chilometri che aveva percorso da sola il paesaggio era stato generalmente piano, senza grandi alture, la foresta non era fitta, c'erano molte zone aperte ed era stato relativamente facile tenere una media di trenta chilometri al giorno. Adesso, però, la situazione era per così dire alterata. Aveva incontrato una catena montuosa, praticamente non c'era nessuna zona pianeggiante. La vegetazione era folta e chiusa, composta da una immensità di arbusti bassi che rendevano difficile camminare. C'erano alberi a perdita d'occhio: faggi, querce, moltissimi pini, ma quelli che più attiravano l'attenzione erano i mandorli e i ciliegi, che erano in fiore. Arrivò anche ad emozionarsi vedendo una collina totalmente bianca, coperta da ciliegi selvatici. Si ricordò della sua terra quando vide alcune querce da sughero, piccole e con la corteccia vergine pronta per essere tolta.

Pioveva costantemente. Era una pioggia lieve, che cadeva lentamente. Sara era inzuppata fino alle ossa. Il terreno che calpestava e la vegetazione che la circondava erano intrisi d'acqua. Sara camminava lentamente; quando saliva su una collina e guardava verso l'orizzonte, vedeva solo altre montagne, verde, neve, il cielo grigio. Non c'era nessuna traccia umana, pensò di poter essere l'ultimo essere umano sulla terra. Si alimentava di bacche, frutta, radici, insetti; trovò dei nidi e mangiò le uova. Aveva fame, ma il suo problema principale era il freddo. I suoi abiti erano bagnati, non trovava nessun luogo dove poter dormire al riparo dalla pioggia, non aveva l'accendino per fare un falò. Una volta aveva imparato ad accendere un fuoco senza accendino però, con la legna intrisa d'acqua, sarebbe stato ridicolo anche solo tentare. Era depressa e scoraggiata.

A volte trovava delle vecchie case in mezzo al bosco; erano abbandonate ed erano già state saccheggiate varie volte. Ne approfittava per dormire e cercava sempre qualche telo o mantello. In una delle case trovò un piccolo tesoro: fiammiferi. Restò lì per molti giorni, dormì molte ore di fila e riuscì a cacciare dei piccoli passeri. Nel frattempo la pioggerellina non dava tregua e se usciva a camminare i suoi abiti tornavano subito ad appesantirsi.

Camminava a testa bassa, senza pensare a niente di concreto. Sentì un piccolo rumore. Si fermò, mettendo la mano destra sulla balestra. Il suolo tremò leggermente. C'era qualche grande animale nelle vicinanze. Si curvò e cercò di capire l'origine del suono, fece un giro su se stessa e finalmente la trovò: un grande cinghiale maschio grufolava nel terreno, a non più di venti metri di distanza. Sara appoggiò la balestra alla spalla, guardò attraverso il mirino e premette il grilletto. Una freccia partì a grande velocità e Sara sentì il grugnito dell'animale. Corse verso di lui, mettendo allo stesso tempo un'altra freccia nell'arco della balestra. Il cinghiale gemeva di dolore e tentava di alzarsi senza successo, la freccia era conficcata nella parte posteriore della sua schiena. Sara lanciò l'altra freccia al collo dell'animale, che cadde fulminato al suolo.

Sara fece un grido di vittoria e ululò come un lupo. Saltò intorno al cinghiale, come un indiano intorno ad un falò. Finalmente era riuscita a cacciare un animale decente, era stanca di insetti e uova di uccelli. Cominciò a cercare un luogo dove accendere un fuoco. Improvvisamente, vide sulla collina quello che le parve un edificio. Camminò qualche altro metro ed ebbe la conferma che si trattava di una chiesa o di una cappella, in cima al monte. Nascose il cinghiale fra la vegetazione e cominciò a salire il pendio. Era ripido, con molti arbusti e una fitta vegetazione. Quanto più si avvicinava, più vedeva i dettagli dell'edificio, sembrava una chiesa. Aveva un campanile alto e rettangolare con una piccola costruzione annessa. Quando finalmente raggiunse la cima del monte, lesse sulla parete del campanile: "Cappella San Marcial, 1522. " Aprì la bocca e disse ad alta voce:

- Non è possibile! Non può essere vero!

Camminò intorno alla cappella a passi lunghi, quasi correndo, e si fermò davanti all'entrata della stessa. Dando le spalle alla cappella e guardando il lato opposto rispetto a quello da cui proveniva, le si presentava davanti un paesaggio magnifico. Era tale e quale alla descrizione che le aveva fatto il suo maestro: "Arriverai alla fine della Penisola Iberica e troverai il Mar Cantabrico; c'è un fiume grande e largo che si butta nel mare. Vicino al fiume vedrai una zona di canneti, piena di orti. Nell'era antica, questo fiume era la frontiera fra due paesi (Spagna e Francia). Quando arriverai là, avrai completato la tua prima tappa."

Dal monte San Marcial riusciva a vedere tutto. Il Mar Cantabrico era dietro, davanti a lei si ergeva un'enorme montagna, Jaizkibel, se ne ricordava ancora il nome. Fra questa montagna e il monte San Marcial c'era una valle, a livello del mare, dove passava il suddetto fiume con molti piccoli affluenti; intorno orti, immensi orti affiancati da piccole baracche. Finalmente tornò a vedere esseri della sua specie, erano laggiù, piccoli come formiche. Vide un'autostrada che serpeggiava fra il paesaggio e al suo fianco una linea ferroviaria che andava in direzione nord. La città di Biriatu doveva essere vicina, ma da lì non poteva vederla.

Sara era euforica. Era riuscita ad arrivare fin lì. Estatica, tornò a scendere il monte verso il cinghiale che aveva cacciato. In meno di mezz'ora la sua vita aveva subito una svolta di 180 gradi. Cantava e danzava da sola, sotto la pioggia lenta e costante; sorrise al cielo e ringraziò Dio e suo padre per averle dato la forza di proseguire malgrado tutti i contrattempi. Erano solo test alla sua fede, decise: "erano solo esami per verificare la mia persistenza e la mia determinazione. "

Sara cominciò a cercare della legna secca per fare una torcia, compito quasi impossibile a causa della pioggia; sotto ad una quercia trovò dei ramoscelli relativamente secchi. Grazie ai fiammiferi riuscì a fare una torcia e cominciò subito a bruciare la pelle del cinghiale. Nell'aria si diffuse un forte odore, che la fece ritornare all'infanzia, alla sua terra natale, quando, ogni inverno, sua nonna riuniva tutta la famiglia per la mattanza del porco.

Bagnò uno straccio in una piccola pozzanghera e con questo ripulì il corpo dell'animale. Dopo, con il coltello, gli aprì il ventre con un taglio longitudinale e tolse le interiora, che lanciò lontano. Ricordò il suo maestro, che le consigliava di squartare gli animali in un luogo lontano da dove intendeva mangiare, perché i grandi rapaci e, conseguentemente, gli esseri umani, non venissero a conoscenza del luogo. Ma la sua intenzione, quella volta, era ben diversa. Pertanto, cercò una certa quantità di legna e, sotto l'ampia corolla di una quercia, fece un enorme falò molto visibile, totalmente esagerato per la sola cottura dell'animale.

Si cibò del cinghiale, fece un piccolo banchetto di carne e, verso la fine del pasto, sentì un rumore. Si alzò con la balestra in mano e il falso revolver appeso alla cintura. Due giovani uscirono dalla vegetazione e si fermarono.

- Buongiorno – disse in basco, con accento francese, una ragazza abbastanza giovane vestita di nero.

- Veniamo in pace – disse in castigliano il suo compagno, un ragazzo poco più vecchio di lei, vestito con un impermeabile verde.

- Se venite in pace, siete benvenuti – disse Sara in portoghese, facendo un segnale perché si avvicinassero e poi si sedette lentamente.

Fatte le presentazioni si sedettero intorno al falò. Sara offrì loro del cibo, che accettarono con piacere.

- Da dove vieni? – chiese il ragazzo.

- Vengo dal sud della penisola, dall'Algarve. – Sara parlava in spagnolo, con un accento abbastanza pronunciato.

- E cosa fai qui? – chiese la giovane.

- Non siete della polizia, vero? – chiese lei, sorridendo.

- No, certamente no – rispose Beñat, il ragazzo.

- Scappo dalla polizia politica. Vado in direzione della regione Sacra.

- Davvero! Cosa hai fatto? Sei venuta da sola da lì?

- Ho pubblicato in rete un articolo di opinione di mio padre sulla manipolazione dei mezzi di comunicazione da parte dello Stato Serrano. Mi hanno scoperto e ho dovuto fuggire. Ho attraversato da sola metà della penisola; prima ho avuto la compagnia di alcuni buoni amici, ma sono diverse settimane che cammino da sola. – Fece una pausa e si mise un pezzo di carne in bocca. – E voi chi siete? Vivete qui?

- Siamo della resistenza – disse orgogliosamente Magali, la ragazza. – Apparteniamo al gruppo Aurka.

III

Gustavo uscì di casa con la bicicletta in mano, montò sul sellino e pedalò fino all'edificio governativo dove lavorava. Faceva parte della sua immagine andare al lavoro in bicicletta. Percorse i due chilometri che separavano il suo ufficio da casa, accompagnato da una guardia del corpo.

Era stato nel paese di Lentiscais che era nato quello che adesso era l'Impero Serrano; questo luogo era la culla di questa giovane nazione. Quindici anni prima era un piccolo paese, con poco più di 200 abitanti, per la maggior parte anziani. Dopo l'attacco extraterrestre, però, era stato il primo a recuperare l'energia elettrica, l'acqua corrente, a svolgere elezioni democratiche, ad attaccare militarmente altri paesi. Di quei tempi restava molto poco. Adesso Lentiscais era una delle località dell'Impero più grandi e popolate. Il tessuto urbano era cresciuto, soprattutto in estensione, ma anche in altezza. Vari poligoni industriali e logistici si erano sviluppati nei dintorni. Era la capitale politica dell'Impero e, sebbene ci si sforzasse di ripartire i mezzi e i fondi con i paesi più vicini, Lentiscais captava maggiormente l'interesse degli investitori e, di conseguenza, della popolazione. Da piccolo paese dell'entroterra di una nazione chiamata Portogallo restavano solo piccoli vestigi.

Gustavo salì le scale dell'edificio governativo e si diresse all'ufficio di Norton, il vice-presidente della nazione. Bussò alla porta e, senza aspettare la risposta, entrò. Norton era seduto alla sua scrivania, a guardare delle carte; quando vide che si trattava di Gustavo si tolse gli occhiali e, con un sorriso, tese una mano per salutarlo.

- Benvenuto, signor presidente. Com'è andata l'operazione?

Gustavo si sedette in una delle sedie confortevoli che si trovavano nell'ufficio dell'amico.

- Immagino tu l'abbia visto in televisione, no?

- Sì, il povero industriale a piangere e chiedere perdono.

- Povero? – disse Gustavo stendendo le gambe e le braccia. – Di povero non aveva niente. La sua casa sembrava un museo di cattivo gusto, pieno di suppellettili care e stravaganti per ostentare ricchezza e lusso.

- Mi sarebbe piaciuto vedere la sua faccia quando gli siete entrati in casa.

Norton sorrideva in attesa di altri dettagli dell'operazione, ma Gustavo rimase in silenzio, finché non chiese:

- Qualche novità, mentre non c'ero?

- Sì, qualcosa c'è. Avevo qui un foglio con gli argomenti da trattare con te. – Norton cercò una nota nel mare di carte e relazioni che gli coprivano la scrivania. – Ecco qui. Ci sono tre punti di cui dobbiamo parlare.

- Forza.

- Primo: il direttore della prigione centrale dice che la produzione si sta abbassando sempre di più per la mancanza di prigionieri e ha chiesto di aumentare la carcerazione ad alcuni che stanno per terminare di scontare la pena.

- Cosa? – Gustavo si irritò. – Quest'uomo è pazzo! Chiede a te quando sa che io non ci sono, perché io non gli permetto di fare questo tipo di richieste né questi commenti. Quante volte dovrò ripetergli che la prigione è un luogo per il reinserimento? Fissa una riunione con lui per questa settimana, ho già in mente con chi sostituirlo.

Il direttore della prigione centrale, la maggiore prigione dell'Impero, era conosciuto per le sue doti di buon gestore delle finanze. Aveva trasformato la prigione in un'enorme fabbrica di armamenti, l'unico bene che producevano. I prigionieri lavoravano da dieci a dodici ore al giorno, senza salario, ma erano ben nutriti ed avevano l'accesso rapido al sistema sanitario. Con l'arrivo di sempre più prigionieri, la produzione era aumentata vertiginosamente e l'esercito e la polizia, unici clienti autorizzati, avevano annunciato di non aver bisogno di così tanto materiale bellico. Con il passare del tempo, il numero dei reclusi aveva cominciato a diminuire; alcuni erano morti, altri avevano scontato la pena, ma soprattutto il tasso di criminalità si era abbassato ai minimi livelli. I criminali considerati pericolosi, soprattutto gli assassini e gli stupratori, venivano liberati alla frontiera con i Vandali ed era loro proibito tornare indietro. Avevano solo due possibilità: arrivare alla regione Sacra o unirsi ai Vandali. Il direttore della prigione era spesso accusato dai prigionieri, e solo la sua buona gestione aveva fatto sì che mantenesse la sua posizione per tanti anni. Gustavo, però, già da qualche tempo avrebbe voluto qualcuno con un atteggiamento più orientato verso il sociale che verso la finanza.

- Ok, a posto. Adesso il secondo punto.

Norton fece una pausa e guardò Gustavo dritto negli occhi con un'aria divertita. Quest'ultimo gli rispose con uno sguardo irritato, non aveva pazienza né tempo per le trovate di Norton.

- Muoviti, parla, Norton.

- Zeca.

E i due fecero una risatina. Gustavo sembrò entusiasta dell'argomento.

- Allora, racconta, cosa succede a quel personaggio?

- Mi ha telefonato poco tempo fa; è stufo dell'Arabia, ha già settant'anni, è vecchio. Vuole tornare e chiede l'autorizzazione per farlo.

- Autorizzazione concessa. – Gustavo si appoggiò alla scrivania di Norton. – Sai, pensavo a lui poco tempo fa. Per me dovrebbe tornare, ed essere anche decorato per i servizi prestati nell'Africa del Nord. Potremo dare un'immagine di indulgenza e riconciliazione, del tipo: l'Impero Serrano è capace di perdonare.

- Buona idea.

- Dagli la pensione di un ufficiale dell'esercito, ma senza regalie.

Josè Carlos, meglio conosciuto come Zeca, era stato uno dei padri fondatori della nazione. Per i primi anni era stato il comandante dell'esercito, ed insieme a Gustavo aveva pianificato l'espansione della regione Serrana. Zeca però non concordava con la politica liberalista che portava avanti Gustavo: autorizzazione di matrimoni omosessuali, legalizzazione delle droghe, autorizzazione dell'eutanasia e dell'aborto, proibizione della vendita di armi ai civili, sospensione delle corride, ecc. ma, soprattutto, fra i due c'era una totale mancanza di empatia. Zeca non si sentiva valorizzato da Gustavo, quest'ultimo lo richiamava frequentemente per gli errori dei suoi soldati. Zeca aveva pertanto deciso di organizzare un colpo di stato.

Aveva cominciato affrontando il tema con i propri soldati, parlando con alcuni ufficiali e sergenti, e quando pensava che il golpe fosse organizzato, era sceso nelle strade con molti pezzi di artiglieria, occupando i mezzi di comunicazione, le università e le arterie principali delle città della regione. Però Zeca, che non era per niente uno stratega militare, aveva commesso diversi errori, il principale dei quali era stato l'aver parlato con vari militari che, nel venire a conoscenza dei suoi piani, avevano avvisato sia Norton che Gustavo.

Gustavo aveva lasciato che il colpo di stato si realizzasse, voleva vedere chi stava dalla sua parte. Aveva preparato una contro-rivoluzione, segreta e molto ben organizzata. Per quasi 24 ore aveva lasciato che Zeca pensasse che il suo piano avrebbe avuto successo, e poi aveva dato la sua risposta. Gustavo e i suoi uomini erano usciti allo scoperto ed avevano ripreso i mezzi di comunicazione, chiedendo al popolo di scendere in strada ed appoggiare il governo eletto democraticamente. La risposta era stata massiccia, la popolazione si era riversata per le strade con l'aiuto della polizia e dei militari fedeli al regime di Gustavo e, in poche ore, il golpe era fallito.

Gustavo aveva fatto pulizia nell'esercito e non solo, una specie di purga. Tutti quelli che erano stati a favore del colpo di stato erano stati arrestati e condannati a vari anni di lavori forzati; fra di loro, oltre a militari, c'erano persone della società civile. Il golpe fallito aveva dato ancora più forza al regime, aveva cementato la figura del leader ed aveva permesso la creazione di misure perché questo tipo di situazione non tornasse a verificarsi.

Nel giorno del golpe, non ci volle molto perché Zeca capisse che gli avevano preparato un'imboscata. Vari ufficiali non si erano presentati, i diversi mezzi di comunicazione erano quasi senza personale e materiale, come se si stessero aspettando l'occupazione. Quando venne arrestato, pianse in diretta alla radio e alla televisione di recente costituzione e, più che pentito, era pieno di vergogna.

Per cinque anni aveva lavorato in prigione ai lavori forzati. Finché Gustavo, Paulão e Norton non avevano deciso di offrirgli una seconda opportunità.

Dal Nord Africa avevano cominciato ad arrivare molti rifugiati, che scappavano dalla guerra, dalla fame e, soprattutto, dai signori feudali che, in nome di un qualche Dio, li sfruttavano. La situazione umanitaria si era aggravata e la nazione Serrana aveva visto un'opportunità ghiotta per avanzare nel territorio. Aveva occupato militarmente due zone vicino al Mar Mediterraneo, in un antico paese chiamato Marocco, luoghi in cui non c'era popolazione, e vi aveva ricollocato i rifugiati. Aveva costruito case, fabbriche, scuole, ospedali, vie di comunicazione, moschee, chiese, aveva creato una forza di polizia locale. In poco tempo, la popolazione di queste zone era quadruplicata e la nazione Serrana aveva cominciato a crescere e a incorporare nuove città.

A Zeca era stato chiesto di creare una truppa di élite. L'obiettivo era chiaro: uccidere i "signori feudali", che si opponevano allo Stato Serrano e che schiavizzavano la popolazione. L'espansione territoriale era stata rapida, grazie ad una serie di fattori. La stragrande maggioranza degli abitanti della regione voleva pace, cibo e una vita dignitosa, e di conseguenza appoggiava i Serrani, che non erano visti come stranieri, perché la quasi totalità delle posizioni di rilievo erano occupate da nativi della zona. La sua cultura e le sue tradizioni erano rispettate. Le sue necessità basilari erano soddisfatte.

I "signori feudali" furono annientati con facilità, disponevano di poche armi e non producevano materiale bellico né avevano alcun fornitore di armamenti. Le loro reazioni erano poco efficaci, e siccome non disponevano di nessun mezzo di comunicazione, non potevano divulgare le proprie idee e la propria propaganda. Comunque, la cosa fondamentale era che la popolazione non li appoggiava.

A quei tempi l'Impero Serrano, nel Nord Africa, si estendeva dalle Isole Canarie fino alla regione della Tripolitania.

- Ok, adesso voglio parlarti del terzo ed ultimo punto. – Fece una piccola pausa, si accese una sigaretta e, con aria di sfida, disse:

- Pensi di dirmi cosa state architettando tu e Paulão per la regione Sacra?

Gustavo fece una smorfia di disappunto e rispose:

- È un tema militare, interno e piuttosto segreto, non c'è niente da dire.

- Io sono il vice-presidente, penso di avere il diritto di sapere. O non ti fidi di me?

- Perché tu metta bocca alle trombe, come hai fatto con quella puttana di una spia?

- Ancora con questa storia! – Norton si alzò indignato, gesticolando esageratamente. – Ok, ho commesso un piccolo errore. Dovrò conviverci per sempre? L'ho pagato abbastanza, o no?

Gustavo continuava a rimanere seduto tranquillamente, con un'aria seccata.

- Norton, tu hai quasi messo a rischio l'intera l'operazione in Britannia. Hai un problema, amico mio. Non puoi vedere l'ombra di una gonnella. – Fece una piccola pausa e lasciò intendere che l'argomento era chiuso. – Solamente io, Paulão, e qualche comandante sappiamo cosa succederà nella regione Sacra. Non vale la pena insistere, Norton.

L'operazione Britannia si era svolta dopo che l'esercito Serrano era arrivato fino alla Normandia con una certa facilità, facendo sloggiare i Vandali e venendo ben accolto dalla popolazione che aveva poi votato l'adesione alla nazione Serrana. Arrivati alle isole britanniche, avevano ricevuto un'accoglienza fredda e nessuna indicazione che questi territori intendessero appartenere alla nuova nazione.

Gustavo in persona aveva viaggiato fino alla Normandia, dove si era riunito con i leader delle isole, che gli avevano annunciato la propria intenzione di fare accordi commerciali con la nazione Serrana mentre, in termini politici, non erano pronti ad aderire né ad accettare alcuna proposta di annessione.

La versione ufficiale degli avvenimenti che seguirono era stata: l'esercito Serrano era stato sorpreso e sconfitto dai Vandali nel porto marittimo di Calais, nel Canale della Manica. Questi, muniti di imbarcazioni e armi, erano avanzati verso il sud dell'isola, mentre un altro gruppo di Vandali progrediva verso le Isole Shetland, a nord della Scozia. Il risultato era stato catastrofico: città date alle fiamme, uccisioni, violenze, saccheggi, centinaia di rifugiati in arrivo in Normandia.

Gli stessi leader che avevano rifiutato l'adesione alla nazione Serrana adesso chiedevano aiuto. Gustavo li aveva fatti arrestare tutti. Erano stati giudicati e condannati per incompetenza e genocidio della propria popolazione. Gustavo aveva ordinato all'esercito di avanzare nelle Isole Britanniche e di uccidere o espellere i Vandali, che, senza opporre grande resistenza, erano fuggiti lasciandosi dietro una scia di distruzione e di morte. A partire da quel momento, le Isole erano passate sotto il controllo dell' Impero Serrano ed erano state divise in cinque regioni.

Però non tutto era andato come previsto, c'era stata una fuga di informazioni, causata da Norton. Una giovane e bella giornalista della regione Sacra era entrata nella nazione Serrana ed era riuscita a risvegliare il suo interesse. Si era fatta passare per una rifugiata dell'Europa Centrale ed era diventata la donna del potente politico. Oltre che la sua amante, era anche la sua confidente, soprattutto quando questi beveva un po' più del normale. La giornalista aveva ottenuto vari documenti importanti e una registrazione in cui Norton confessava che la perdita del porto marittimo di Calais passato nelle mani dei Vandali era stata fatta di proposito, perché questi potessero passare il Canale della Manica. Si era verificato un vero scandalo quando la giornalista era arrivata alla regione Sacra, mentre la nazione Serrana aveva coperto l'argomento, dicendo che si trattava di calunnie senza alcun fondamento.

Il telefono dell'ufficio di Norton squillò.

- Sì – rispose Norton con poca pazienza. – Una chiamata dalla regione di La Rochelle? Sì, sì, puoi passarla.

Norton cominciò a parlare in francese e Gustavo si alzò dando come chiusa la breve riunione. Osservò una piccola fotografia appesa alla parete.

Erano lui, Norton, Zeca, Ramiro e Gisela, i cinque elementi della Commissione di Appoggio di Lentiscais, 15 anni prima. Rimase affascinato dalla fotografia, non sapeva della sua esistenza: "Come eravamo giovani" pensò. "Io avevo ancora qualche capello ed ero ben più magro". Sorrise nel vedere Norton senza barba, con i capelli neri e molto più snello. Il suo sorriso scomparve rapidamente quando vide Ramiro; eccolo lì, Ramiro Torrado, con il suo sorriso allegro e contagioso. "Avrei forse potuto fare le cose in un altro modo?" Rimase fermo davanti alla fotografia, ipnotizzato, finché non venne risvegliato dall'aumento di volume nel tono di voce di Norton.

Gustavo non parlava francese, ma poteva vedere dall'espressione di Norton che stava succedendo qualcosa di strano; aspettò che la conversazione telefonica terminasse e vide il modo in cui Norton, impallidito, lo guardava con gli occhi strabuzzati. Mettendo giù la cornetta, gli disse:

- Non ci crederai mai!

- Cosa succede? – Gustavo era preoccupato, era sicuramente successo qualcosa di importante. Un attacco, magari? Un'altra astronave sulla luna? Un attentato? – Muoviti, racconta subito! – gridò.

- Gli americani sono arrivati via mare a La Rochelle.

- E... hanno fatto fuoco? Hanno attaccato?

- No, no, niente di tutto questo.

- E quindi? Sono diversi mesi che vediamo imbarcazioni nordamericane navigare vicino alla nostra costa. Finalmente hanno avuto il coraggio di attraccare, si tratta di questo?

- Sì, ma c'è qualcos'altro. – Norton guardava l'amico con un certo timore. – Dicono che sulla nave c'è tuo fratello.

- Cosa? Mio fratello? – Gustavo sentì che la stanza gli girava intorno, cercò di nuovo la sedia e vi si lasciò cadere lentamente, come se si muovesse al rallentatore. – Mio fratello! Helder?

Norton rimase in piedi, zitto, annuendo. Gustavo mormorò qualcosa di incomprensibile, senza senso e poi appoggiò la schiena alla sedia e rimase in silenzio per qualche minuto. Norton aspettò pazientemente che questi si ricomponesse e desse qualche ordine.

- È certo che si tratti di mio fratello?

- Sembra di sì, secondo la polizia della regione ha il passaporto con il nome di Helder Correia e parla un portoghese fluente.

- Ok, in questo caso, richiama la polizia e dì loro così: tutto il personale della nave è libero di entrare e conoscere il nostro paese; voglio che siano trattati bene e che sia loro proibito di ripartire finché non arrivo io sul luogo. Oggi stesso comincerò i preparativi per partire al più presto possibile per verificare che si tratti davvero di mio fratello.

- Posso venire con te?

- No. Norton, ho bisogno di te qui; rimani a comandare la nazione, andrò con Paulão e qualche uomo.

Gustavo uscì rapidamente dalla stanza ma, prima di chiudere la porta, disse:

- Licenzia il direttore della prigione centrale. Oggi stesso ti comunicherò il nome del suo sostituto.

Percorsi Incrociati

I

Matthias sembrava un bambino nel suo viaggio fra Biriatu e Padilha de Abajo, guardava dal finestrino della sua carrozza con stupore e curiosità. All'inizio aveva osservato come la linea ferroviaria avesse forato le enormi montagne, ricche di alberi di un verde invitante. Poco a poco, il paesaggio era cambiato; i boschi frondosi avevano lasciato il posto a pianure estese, dove pochi alberi punteggiavano lo scenario e il verde era sostituito dal giallo dei campi, risultato delle poche precipitazioni della zona.

Più si avvicinava al suo obiettivo, più diventava ansioso e nervoso, non sapeva cosa lo aspettasse. Come sarebbe stata la caserma? Un luogo polveroso, con camerate piene di uomini, di rumore, di sudore e con sergenti rigorosi che obbligavano i soldati a rotolarsi nel fango o a eseguire cento flessioni se il letto non fosse stato ben fatto? Questa immagine proveniva dai vari film di guerra che aveva visto, risalenti all'era antica.

Finalmente, quando l'altoparlante lo informò che la stazione successiva sarebbe stata Padilha de Abajo, Matthias si alzò rapidamente, prese il proprio zaino e si diresse alla porta del vagone. Poco a poco, alcuni giovani della sua età, di entrambi i sessi, si avvicinarono a loro volta alla porta. Matthias concluse che stessero andando alla caserma come lui, ebbe voglia di intavolare una conversazione, ma per timidezza preferì rimanere in silenzio.

La stazione di Padilha de Abajo era molto più piccola di quella di Biriatu, sembrava una fermata a richiesta. Era semplice, composta solo da una casetta bianca che serviva come biglietteria, dietro la quale c'era una strada con un cartello che indicava la direzione per la caserma. Il piccolo gruppo di giovani, più o meno otto persone, seguì l'indicazione. Era mezzogiorno, il caldo era intenso e non c'erano segni di vita intorno a loro. Il paesaggio consisteva in un'estesa pianura, gialla, seminata a cereali, senza alberi né orti. Passarono davanti al paese, Padilha de Abajo; sembrava abbandonato, non sentirono voci né cani che abbaiavano, probabilmente stavano tutti pranzando o facendo la

51

siesta. Visto da fuori, il paese sembrava piccolo; c'era il campanile di una chiesa che spuntava chiaramente in mezzo ai tetti. Camminarono per un altro paio di chilometri finché finalmente videro l'entrata della caserma militare.

L'ufficio di ammissione della caserma non era come Matthias si era immaginato, non assomigliava per niente a ciò che aveva visto nei film dell'era antica. All'entrata c'era un cartello di benvenuto in varie lingue, c'era una sala ampia e spaziosa, con molta luce e senza pareti; tutto lo spazio era vetro, sia all'interno che all'esterno. Dietro il bancone c'erano due giovani, vestiti elegantemente che, con ampi sorrisi, salutavano le nuove reclute in varie lingue. Matthias venne accolto da una giovane di colore, dai tratti arabi che, nel vedere la provenienza di Matthias, gli parlò in un francese arrugginito e gli chiese di aspettare l'arrivo di un soldato che lo avrebbe aiutato a sistemarsi.

Poco a poco, i giovani che avevano accompagnato Matthias nel suo viaggio sparivano, lui fu fra gli ultimi ad essere chiamato. Un soldato alto, nero, con un un viso rotondo e un'aria simpatica pronunciò il nome completo di Matthias, che si alzò subito e lo seguì fino ad una piccola auto elettrica.

Dopo le presentazioni, il soldato lo informò che avrebbero trascorso insieme la giornata, nel corso della quale lui lo avrebbe aiutato ad adattarsi alla sua nuova casa. Prima lo portò alla sua piccola stanza, che si trovava nell'edificio centrale che era diviso in due ali: maschile e femminile. Poi passarono da diversi punti della caserma: la palestra, la sala comune, la mensa, il campo di tiro, i campi sportivi, ecc. Gli spiegò le varie regole e norme che avrebbe dovuto seguire: gli illustrò gli orari, le varie opzioni professionali che avrebbe avuto, i diversi corsi esistenti, la possibilità di avere relazioni sessuali con altri soldati, e altri regolamenti.

Alla fine della giornata cenarono insieme alla mensa. Matthias ringraziò Didier, il suo accompagnatore, per l'aiuto prestatogli e, per la prima volta, sentì di aver trovato un amico; era una sensazione nuova e sconosciuta per lui. Didier gli parlò apertamente della sua vita privata, e siccome lui era di origine gallica, parlava francese perfettamente. Era più giovane di Matthias di qualche anno e praticamente non ricordava nulla dell'era antica, era orfano ed era stato accolto dall'esercito da otto anni. Formava le reclute e conosceva la maggior parte delle caserme dell'Impero.

Matthias si adattò immediatamente alla vita militare. Gli avevano assegnato una piccola stanza con bagno; non aveva camerati come nei film dell'era antica, ogni soldato disponeva della sua camera. Oltre al letto, c'era un tavolo con un computer portatile, collegato alla rete interna. Non c'erano nemmeno sergenti che gridavano controllando se il letto fosse fatto bene.

La mattina si svegliava presto, alle sei, si univa alle altre reclute per una leggera colazione, poi andavano tutti in palestra e per mezz'ora facevano stretching, preparandosi per un'ora e mezza di corsa. Correvano fuori dalla caserma, nei campi di Padilha. La temperatura a quell'ora era bassa, anche in piena estate, con un vento secco e gelido che li faceva tremare di freddo nei primi chilometri. Erano un gruppo di qualche decina di reclute, di entrambi i sessi, accompagnati da alcuni ufficiali. Mentre correvano, questi insegnavano gli inni militari, canzoni semplici in varie lingue che venivano ripetute diverse volte.

Dopo la corsa, facevano una seconda colazione e terminavano la mattinata al campo di tiro, per perfezionare la mira. Prima di pranzo facevano un bagno e si riunivano nel refettorio, dove, oltre alle nuove reclute, c'erano anche centinaia di soldati che vivevano in caserma. Il rumore delle voci era quasi assordante, non c'erano tavoli speciali e tutti mangiavano lo stesso cibo, sia il comandante della caserma che Matthias. C'era un enorme spirito di eguaglianza, rispetto e cameratismo nell'edificio, che era pieno delle bandiere rosse e nere dell'Impero.

Il pomeriggio era dedicato a vari corsi e attività, a seconda dei gusti e degli obiettivi di ognuno. Matthias aveva intenzione di diventare un poliziotto a Biriatu e, dopo essersi informato sulle possibilità e sui posti disponibili, decise di iscriversi a vari corsi che gli avrebbero permesso di realizzare il proprio sogno. Prima si iscrisse al corso di nuoto, visto che a Biriatu la presenza del fiume Bidasoa e del Mar Cantabrico rendeva i pattugliamenti marittimi abituali. Secondo, volle imparare il basco, la lingua parlata a Biriatu e anche il portoghese, che era la lingua ufficiale dell'Impero. Imparò a guidare, prese qualche lezione di meccanica, di autodifesa, di pronto soccorso e, dietro insistenza di Didier, cominciò ad insegnare francese ad un piccolo gruppo di reclute, fra cui la toscana Angela.

Le sue lezioni di francese si svolgevano due volte alla settimana e duravano un'ora e mezza. Matthias cercava di insegnare la propria lingua madre nello stesso modo in cui gli piaceva imparare le lingue straniere che stava studiando. Aveva pochi alunni, che si erano iscritti al corso perché volevano andare a vivere in un paese francofono o semplicemente per aggiungere un idioma al proprio curriculum. Matthias dedicava la prima ora alla grammatica e all'ortografia, mentre nella mezz'ora rimanente, la più attesa dagli alunni, leggeva le avventure del *Conte di Monte Cristo*, di Alexandre Dumas, uno dei pochi libri che si trovavano nel castello in cui era cresciuto e che suo padre, nel bunker, leggeva religiosamente prima che si addormentassero. Rileggere quel libro lo faceva viaggiare nel tempo e ricordare la propria infanzia. Quante volte aveva immaginato che un giorno sarebbe stato come l'eroe del libro: Edmond Dantès, che, dopo essere stato arrestato ingiustamente, era riuscito a fuggire e a trasformarsi nel Conte di Monte Cristo, vendicandosi in modo astuto dei propri nemici.

Una delle alunne che più vibrava per la lettura appassionata di Matthias era Angela Rossi. Aveva la stessa età del professore, ventun anni, era originaria della Toscana, nella Penisola Italica, che aveva abbandonato dieci anni prima con i genitori e il fratello, dopo la guerra interna che si era verificata a seguito dell'attacco degli extraterrestri. Aveva vissuto per molti anni con la famiglia in piccoli paesi nel sud della Penisola Iberica e, stanca di lavorare ora dopo ora sotto il torrido sole mediterraneo, aveva deciso di seguire i passi del fratello e di arruolarsi nelle file dell'esercito.

Era arrivata alla caserma di Padilha de Abajo tre mesi prima e il suo obiettivo era venire destinata alle Alpi per combattere i Vandali; era una nazionalista fanatica, che criticava costantemente la società decadente dell'era antica e enumerava le glorie dell'epoca attuale e dell'Impero Serrano. Era di statura media, snella, con un corpo magro e muscoloso senza per questo smettere di essere femminile e civettuola. Aveva un viso piccolo e rotondo, con gli occhi castano scuro e lunghe ciglia; teneva i capelli corti, rasati sui lati e dietro, più lunghi sulla parte superiore e tinti di biondo, sempre ben pettinati. Era una giovane attraente, di buonumore e con uno sguardo felino pieno di malizia che faceva diventare Matthias nervoso e balbettante.

Era solita rimanere un po' dopo le lezioni, a parlare del libro e di qualche dubbio legato alla lingua. Matthias avrebbe voluto invitarla ad uscire, ma la sua timidezza e la sua paura di venire rifiutato glielo impedivano e fu di fatto Angela che lo invitò a cena, per la fine della settimana seguente, al centro di Padilha.

Il sabato successivo, di sera, i due uscirono per cenare al centro del paese. Matthias era così nervoso che il cuore gli batteva all'impazzata e le mani gli tremavano, malgrado sostenesse di avere semplicemente freddo. Praticamente non possedeva capi di abbigliamento e quindi cercò di vestirsi elegantemente con un misto fra i suoi abiti e quelli della caserma. Angela, al contrario, era rilassata, non era la prima volta che usciva con un soldato a Padilha de Abajo e disponeva di una ragionevole gamma fra cui scegliere per quanto riguardava il suo abbigliamento. Indossava vestiti comodi ma, allo stesso tempo, attraenti e raffinati che accentuavano le curve del suo corpo.

Cenarono in uno dei pochi ristoranti del paese e ordinarono vino rosso; Matthias pensava che l'alcol avrebbe potuto aiutarlo a guadagnare un po' di sfacciataggine e ad essere più estroverso, invece si rintontì ed ebbe paura di dire qualche stupidaggine. I due conversavano in castigliano; Angela dominava la lingua completamente, mentre Matthias la parlava ad un livello sufficiente. I due si resero rapidamente conto di avere personalità e gusti molto differenti. A Matthias piacevano i film e i libri dell'era antica. Angela, da parte sua, considerava l'era antica come qualcosa di medievale, ipocrita, inquinante e trovava divertente solo qualche film comico e romantico. Angela gli parlò di vecchi fidanzati e relazioni aspettandosi di sentire qualche storia simile dalla bocca di Matthias, ma lui non aveva niente da raccontare al riguardo e rimase in silenzio.

Dopo cena uscirono a fare una passeggiata in paese. Era il tipico paesino sperduto in mezzo ad una delle regioni dell'Impero, denominata Castiglia, dove le case erano a due piani, con le facciate rivestite del mattone rosso tipico della campagna, mentre le case più antiche erano costruite con fango e pietra. Camminavano lentamente per la piazza principale e senza pensarci salirono al piccolo giardino che si trovava di fronte alla chiesa.

- Angela, sapevi che questa chiesa risale al XVII secolo?

- Ah, sì - disse lei mostrando poco interesse – ha proprio un'aria vecchia.

- Sì, e sotto questo giardino c'è un antico cimitero. – Matthias parlava con impegno, come se fosse uno storico; Angela non gli dava retta e si diresse verso una fontana in un angolo del giardino.

- Guarda questa bella fontana, Matthias. È stata costruita quando l'Impero Serrano è arrivato qui, simboleggia la pace, la democrazia e l'uguaglianza.

Era una fontana moderna, costruita con cemento e qualche pietra, un memoriale in cui era incisa la data nella quale il paese si era unito alla nazione Serrana, e sopra aveva un busto di Ramiro Torrado con la frase: "Bisogna essere duri e forti, ma senza perdere la tenerezza".

Attraverso la fontana scorreva un getto d'acqua e c'erano dei faretti ad illuminare il luogo. Matthias pensò che forse fosse il momento di baciarla, ma vacillò; lei avrà voluto la stessa cosa? Come avrebbe dovuto fare? Si ricordò dei film dell'era antica, nei quali partiva un sottofondo musicale e i due amanti si avvicinavano e, molto lentamente, univano le labbra. Però la musica ora non c'era e Matthias rimase lì, molto nervoso, e cominciò a tremare e a sentirsi inquieto. Angela restava ferma, appoggiata al memoriale, in attesa di una mossa da parte del ragazzo.

- Fa freddo qui. Forse è il caso che torniamo in caserma, non credi? - disse Matthias.

Angela lo guardò con aria delusa e senza dire una parola cominciò a camminare in direzione della caserma. Lui si maledisse, non era questo che voleva dire, voleva rimanere con lei, baciare la sua pelle così bianca e morbida, ma non ne aveva il coraggio, né sapeva come fare a cambiare questa situazione.

Mentre camminavano per tornare in caserma, lui ancora sperava che un colpo di fortuna potesse cambiare la sua notte o invece chissà, magari era troppo presto per chiederle un bacio. La cosa migliore sarebbe stata invitarla per una seconda serata, e allora sì l'avrebbe baciata. Matthias non voleva che lei pensasse che il suo scopo fosse semplicemente approfittare di lei, no! Lui provava delle emozioni pure e serie per lei. Si salutarono con un semplice "a domani" all'entrata dell'edificio centrale e andarono ognuno alla propria stanza.

Matthias sperava di avere una seconda opportunità con Angela, ma vide presto che lei lo evitava. Aveva smesso di frequentare le lezioni di francese, e quando erano alla mensa o a corsi che frequentavano entrambi lei distoglieva lo sguardo. Un giorno Matthias decise di aspettarla alla fine di una lezione di pronto soccorso.

- Ciao, Angela, va tutto bene?

- Ah, ciao, Matthias...

- Ascolta, volevo invitarti per questo sabato, se puoi? – Matthias era molto nervoso e le parole gli uscivano quasi con un balbettio.

- Ah, questo sabato non posso, ho... già organizzato delle cose. Magari un'altra volta, ciao, devo andare. – E Angela se ne andò rapidamente, mischiandosi agli altri soldati.

Quel sabato Matthias passò gran parte del tardo pomeriggio e della serata davanti all'edificio centrale, mezzo nascosto fra degli arbusti, con l'intenzione di vedere se Angela sarebbe uscita con qualcuno. Poco dopo le otto, il suo cuore venne spezzato. Angela stava uscendo con un altro soldato che la aspettava all'entrata dell'edificio. Era deliziosamente bella, con un'aria allegra e un sorriso seducente.

Matthias si lasciò cadere a terra, fra gli arbusti; si sentì l'uomo vigliacco e fallito di sempre e per un momento fu preso da una gelosia febbrile ed ebbe voglia di affrontare i due e spaccare la faccia all'altro soldato; invece si alzò da terra e si diresse, quasi strisciando, alla sua stanza, dove cadde sul letto e rimase a guardare il soffitto con l'orgoglio e l'ego feriti. Adesso sapeva cosa fosse l'amore e cosa significasse non essere corrisposto. Sentiva di avere tanto amore da dare, ma che non c'era nessuno per riceverlo; pensò che la vita fosse insopportabile e adesso capiva meglio le canzoni, soprattutto quelle dell'era antica, che parlavano di amori perduti e inganni.

Decise di mangiare qualcosa al refettorio prima che chiudesse, e lì incontrò Didier.

- Ciao, Matthias, che bello vederti, ma che faccia hai?

Matthias raccontò tutta la storia al suo unico amico, aveva una grande necessità di sfogarsi. Didier ascoltò tutto con attenzione e decise di portare Matthias a fare un giro, con due bottiglie di vino come compagnia. Si fermarono alla cappella dell'epoca romanica, che era uno dei simboli storici della regione e che si trovava in mezzo ai campi di cereali. Matthias si liberò l'animo, pianse davanti all'amico e cadde a terra, ubriaco per il tanto piangere e ridere. Didier, che all'inizio della serata gli dava consigli ragionevoli e pieni di buon senso, ora della fine della notte, anche lui ubriaco, parlava a voce alta e agitava le braccia come un pazzo, sempre con la bottiglia in mano:

- Chi le capisce le donne, amico mio? Se le tratti con rispetto e educazione, pensano che tu sia un pusillanime, un pessimo amante, ma se vai deciso e vuoi prenderle, dicono che sei un maniaco. È impossibile comprendere le donne!

I due amici terminarono la nottata cantando gli inni dell'Impero e qualche canzone francese dell'era antica. Il mattino dopo, Matthias scoprì un'altra sensazione che fino ad allora gli era sconosciuta: i postumi della sbornia.

Angela non restò in caserma per molto altro tempo. Il suo addestramento come recluta terminava un mese dopo e, così come aveva chiesto, fu mandata sulle Alpi, a detta sua "per vedere cadere gli ultimi Vandali". Matthias volle dirle addio, con il cuore spezzato e la ferita aperta, le augurò buona fortuna ed espresse la volontà di rivederla. I due si salutarono con un abbraccio sentito.

I tre mesi che mancavano alla fine dell'addestramento di Matthias passarono con una maggiore pace di spirito data l'assenza di Angela. Oltre a quella con Didier, fece altre amicizie, c'era un forte cameratismo fra tutti i soldati. Matthias si sentiva orgoglioso di appartenere a quel corpo militare e conseguentemente al grande Impero Serrano. Era un soldato eccellente, dedicato e tenace in tutte le prove e le discipline. Il suo fisico atletico lo aveva aiutato ad essere uno dei migliori del suo gruppo di reclute in termini sportivi, ma era anche uno dei primi nei corsi di studio. Concorse per la polizia marittima di Biriatu e, quando si presentarono tre posti disponibili, vi entrò senza grandi difficoltà; aveva voti eccellenti come soldato, avrebbe potuto scegliere qualunque destinazione.

Terminò l'addestramento a dicembre, che era già quasi Natale, quando la temperatura della regione non superava gli otto gradi e di notte si abbassava fino a sotto zero. Tornava a casa, sei mesi dopo essersene allontanato; aveva molta nostalgia delle sorelle e del padre. Tornava più adulto, con una professione stabile e mediamente ben remunerata. Sebbene avesse molte ragioni per essere felice, c'era qualcosa dentro di lui che rimaneva ferito; lui non sapeva cosa fosse, forse la mancanza di una donna o di una fidanzata, o forse si trattava solo di malinconia.

II

Passarono le settimane e Sara si era sempre più adattata al suo habitat, vicino al Monte San Marcial. Era estate e, al contrario di quanto succedeva nella sua terra natale, qui il clima era ameno e la pioggia era più frequente, facendo sì che i campi non fossero secchi e giallastri come quelli del luogo di cui era originaria; qui la vegetazione era folta, verde e molto diversificata. Nel bosco si sentiva il borbottio dell'acqua che scorreva nei ruscelli. Di conseguenza anche la fauna era più ricca ed abbondante.

Sara ricordava spesso sua madre e sua sorella, immaginando che si stessero preparando per la vendemmia: raccogliere i grappoli d'uva dalle vigne, fare sempre attenzione a possibili vespe o api, proteggere la pelle contro le bruciature dovute al sole torrido. Dopo, avrebbero fatto il vino e la grappa fino all'arrivo dell'autunno per cominciare un nuovo ciclo.

Giorno dopo giorno, la sua destrezza nella caccia migliorava. Si ricordava frequentemente dei consigli del suo maestro e aspettava pazientemente, a volte per ore, che apparisse qualche animale selvatico da cacciare.

Beñat, il suo amico della resistenza Aurka, l'aveva aiutata ad installarsi in un piccolo fienile abbandonato e quasi in rovina. Avevano riparato il tetto con rami di faggio, collocato paglia in un angolo perché ci potesse dormire sopra e Beñat le aveva portato degli abiti e qualche utensile come un accendino, posate, un paio di forbici, un sapone, ecc..

Sara riceveva una sua visita quasi quotidianamente, verso sera. A volte arrivava da solo e in altre occasioni portava qualche compagno del gruppo Aurka. Generalmente lei faceva un piccolo falò, su cui cuocevano della carne o del pesce che lei aveva catturato, sempre accompagnati da qualche bevanda alcolica portata da Beñat. Secondo quanto diceva lui, ogni anno, in pieno inverno, il gruppo Aurka aiutava dei fuggitivi ad arrivare alla regione Sacra.

Sara aveva capito fin dall'inizio che l'interesse di Beñat per lei non era per una semplice amicizia. Era stata corteggiata varie volte da uomini di diverse età e aspetto. Beñat aveva uno sguardo dolce e timido, parlava con tono basso e affettuoso, facendole alcune domande di carattere personale e mostrandosi sempre disponibile ad aiutarla. In più di un'occasione aveva fatto allusioni alla possibilità di passare la notte con lei. Sara, d'altro canto, l'aveva sempre ringraziato per il suo aiuto, ma gli aveva dato ad intendere, in modo sottile, di non essere pronta per una relazione sentimentale. Però gli lasciava sempre un briciolo di speranza, a volte lo seduceva con uno sguardo felino pieno di malizia o lo toccava in un modo che sembrava innocente sul viso o sulle mani. In fondo lo trovava attraente; era alto, magro, senza avere un corpo atletico, aveva i capelli castano chiaro, gli occhi verdi, portava gli occhiali con lenti un po' rigate che gli davano un'aria da intellettuale, ma il fatto che appartenesse ad Aurka per lei era uno svantaggio, un enorme difetto. Basandosi sulle varie conversazioni che avevano avuto, Sara lo considerava un individuo senza grande iniziativa propria, che aveva aderito al gruppo Aurka perché influenzato, e chissà, magari anche obbligato, dal padre, che era uno dei leader. Pertanto, la sua adesione non era sincera, mentre al contrario c'era un interesse chiaro dietro ad ogni parola e ad ogni gesto di Sara.

Un certo giorno, Sara si svegliò la mattina con un dolore all'orecchio destro; sentiva una specie di fischio sgradevole che non le permetteva di udire correttamente. Non era la prima volta che aveva quella sensazione scomoda e sapeva perfettamente che medicinali prendere, ma l'unico modo per ottenere tali medicinali sarebbe stato uscire dal bosco ed entrare nella città di Biriatu. Il dolore all'orecchio si estese e cominciò ad interessare anche un dente e le creò la necessità di ricorrere ad una farmacia. Tuttavia, il semplice fatto di entrare in questo esercizio avrebbe potuto compromettere tutta la sua operazione, la sua facciata avrebbe potuto cadere; doveva rimanere nella foresta, costasse quel che costasse. Aspettò con difficoltà che la sera portasse l'arrivo di Beñat. Era raggomitolata sul suo letto di paglia, con gli occhi rossi per una giornata passata male e per le molte lacrime versate; quando lo vide, gli consegnò un foglio con il nome dei medicinali di cui necessitava e tornò quasi senza forza all'angolo sporco e scomodo che era il suo letto. Un'ora dopo, Beñat tornò da Biriatu con le medicine; lei lo ringraziò in un lago di lacrime e lui rimase con lei finché Sara non si addormentò.

Beñat non era l'unico essere umano con cui aveva a che fare. Poco a poco, conobbe altre persone che, come lei, vivevano nel bosco o ne approfittavano in qualche modo. Erano soprattutto taglialegna, cacciatori, pastori o semplicemente amanti delle passeggiate nel bosco. Li trattava con cordialità, commerciava con loro frequentemente, scambiava gli animali che aveva cacciato con altri prodotti, soprattutto beni primari o anche soldi. Per la maggior parte, questi non si fidavano molto di lei pensando che fosse una fuggitiva dallo Stato Serrano e che si stesse nascondendo oppure che fosse una militante di Aurka.

L'estate passò ed arrivarono i giorni più corti e freddi dell'autunno. Sara riceveva religiosamente le visite di Beñat e cominciò a chiedergli per quando fosse programmato il viaggio di fuga dallo Stato Serrano verso la regione Sacra. Beñat le forniva risposte evasive: "forse a fine anno", però Sara si accorse velocemente che lui non sapeva niente, era solo un esecutore, un pedone senza importanza. Per questo, mostrava molto interesse quando Beñat portava qualche compagno del gruppo con sé; Sara cercava di estrarre maggiori informazioni, ma solo sporadicamente riusciva ad ottenere qualche notizia di reale importanza per i suoi interessi.

Quando loro se ne andavano dopo le visite, lei sentiva una voglia sempre maggiore di seguirli, di vedere dove dormissero, dove fosse il loro rifugio. Li osservava scendere il Monte San Marcial lungo un piccolo sentiero e li perdeva di vista in mezzo alla vegetazione. Molte volte aveva avuto l'impulso di controllarli a distanza, ma la paura di venire scoperta e perdere la fiducia che stava conquistando faceva sì che rimanesse nel suo piccolo fienile in rovina. Dove saranno andati? Dove sarà il resto del gruppo? In qualche grotta? Magari persino a Biriatu o chissà in mezzo al Monte Jaizkibel, che si trovava proprio di fronte? Quanti saranno stati? Come riuscivano a nascondersi così bene? Tutti questi dubbi la stavano consumando. Si sentiva stanca, in mezzo a quella foresta lontano dalla civilizzazione; era completamente slegata dal mondo, le poche notizie che aveva arrivavano da Beñat, ed erano sempre di parte e contro il governo. Come sarà stata la situazione politica dell'Impero Serrano? E la regione Sacra? E i Vandali? Come staranno le sue amiche? E, soprattutto, sua mamma e sua sorella? In questo periodo saranno state occupate nella raccolta delle olive. Non le era mai piaciuto questo compito; era duro, e a volte i rami erano bagnati; quando il freddo diventava stringente non si riusciva a scaldarsi le mani. Dopo dovevano anche pulire le olive e portarle fino alla pressa. Si ricordò degli scherzi che faceva con la sorella: tirarsi le olive, cantare le canzoni antiche che la madre e la nonna avevano loro insegnato e sentire l'intenso odore dell'olio ogni volta che entravano nella pressa. Si sentì in colpa per il fatto di non potere aiutare la propria famiglia in questo lavoro, era sicuramente più duro per loro farlo senza il suo appoggio. Dopo la raccolta delle olive ci sarebbe stata la mattanza del porco, nel periodo natalizio: il povero suino a grugnire circondato da uomini e donne con coltelli affilati e dopo da un lato gli uomini a squartarlo e dall'altro le donne ad approfittare della trippa per fare salsicce e sanguinaccio. E tutto restava appeso vicino al camino della cucina. Sentì nostalgia della sua casa e della sua famiglia e decise che, se Beñat non l'avesse portata a conoscere il resto del gruppo Aurka prima della fine dell'anno, l'avrebbe seguito ed avrebbe scoperto dove si nascondevano.

Tale situazione non si verificò perché all'inizio di dicembre, quando il freddo era già pungente e Sara doveva dormire con il fuoco acceso nel suo piccolo fienile, Beñat si presentò con un membro importante del gruppo Aurka.

- Ciao, Sara, sono il padre di Beñat, è un piacere conoscerti finalmente. Mio figlio mi ha parlato molto di te.

- Ah, grazie, anche per me è un piacere conoscerla.

Sara non riuscì a nascondere il nervosismo e si vergognò di dover ricevere una persona così importante nel suo fienile fatiscente e con addosso gli stracci che usava come abiti da vari mesi. Non avrebbe mai detto che i due fossero parenti, non c'era alcuna somiglianza fisica fra di loro; il padre di Beñat era abbastanza alto, con un viso allungato, le guance arrossate, il naso schiacciato e, sebbene fosse ancora giovane, aveva la barba e i capelli totalmente bianchi. I tre si sedettero intorno ad un piccolo falò, il pomeriggio era scuro, sembrava che da un momento all'altro dovesse cadere una scarica d'acqua.

- Beñat mi ha raccontato tutto di te. So che sei ricercata dallo Stato Serrano perché hai messo in rete uno studio realizzato da tuo padre. So anche che sei ansiosa di sapere in che data partiremo per la regione Sacra.

Fece una piccola pausa e guardò dritto negli occhi di Sara, studiando qualunque minima reazione da parte sua. Sara, dal canto suo, si sentiva ancora più a disagio; cercò di formulare qualche frase, ma le uscì solo un suono che sembrava un assenso.

- Il viaggio sarà entro un mese. Dopo tutto è un nostro dovere, quali membri della resistenza, mettere in salvo dalle grinfie del machiavellico Stato Serrano le persone coraggiose e valenti che, così come te, lottano contro questa tirannia. Però, prima di partire, mi piacerebbe sapere se saresti interessata a vendicarti dello Stato. Vendicarti di tutte le barbarie che ha commesso contro la tua famiglia e contro la tua dignità, obbligandoti a vivere in una condizione insalubre.

- Ovviamente sì, sarebbe un piacere immenso.

Beñat sorrise nel sentire la risposta di Sara e guardò verso il padre che, lentamente e senza sviare lo sguardo dalla ragazza, si mise una sigaretta in bocca e l'accese con un rametto che prese dal fuoco.

- Sebbene allo Stato piaccia considerarci una cellula dei Vandali, come tu devi ben sapere, questa non è altro che una grossa bugia; noi odiamo lo Stato tanto quanto odiamo i Vandali, entrambi sfruttano e opprimono la civiltà, i primi con menzogne e i secondi con violenza e paura. Noi lottiamo per la libertà di pensiero, di espressione, di associazione, libertà dei mezzi di comunicazione e contro qualunque tipo di censura. Al giorno d'oggi l'Impero Serrano controlla i mezzi di comunicazione, quindi l'opinione pubblica, il che implica che denigra costantemente la nostra immagine con menzogne e false accuse, non dandoci alcuna opportunità di rispondere a tali calunnie. Ci impedisce di partecipare alle elezioni come movimento politico e ci obbliga a ricorrere alla guerriglia per indebolire le sue posizioni.

Sara si stava tranquillizzando, il suo nervosismo si trasformò in noia; aveva già sentito questo stesso discorso, quasi integralmente, da Beñat.

- Per questo motivo, facciamo attentati contro i simboli emblematici dello Stato: la sua polizia, l'esercito, gli edifici statali, i mezzi di comunicazione. Per questa ragione vorrei sapere se sei interessata a collaborare con noi in un futuro attentato.

Sara capì che il suo biglietto fino alla regione Sacra dipendeva dalla sua risposta.

- Certamente. Sarebbe un onore per me stare a lato della resistenza e indebolire, in qualunque modo, il crudele Stato Serrano.

- In questo caso, per favore, raccogli i tuoi oggetti personali e vieni con noi. Oggi stesso conoscerai il nostro rifugio, dove vivono i membri della resistenza.

Per alcuni attimi Sara si sentì sollevare, come se fosse sulla luna e la legge di gravità non esistesse, tanto grande era la sua felicità. Raccolse i pochi oggetti che possedeva in un sacchetto, mise in spalla la balestra e seguì i due uomini, senza riuscire a nascondere la propria allegria. Si guardò indietro un'ultima volta a contemplare il suo fienile in rovina, le venne voglia di piangere per l'emozione per quello che aveva ottenuto fino a quel momento: il suo addestramento, il lungo viaggio, fame, freddo, dolore, disperazione, e sfiducia in molti camerati; però, improvvisamente, le venne un pensiero: e se questa fosse stata una trappola? E se loro avessero saputo chi era davvero?

III

Fu relativamente facile convincere Rute ad unirsi al viaggio. L'anno scolastico era vicino alla fine e Rute desiderava evitare le alte temperature che si registravano abitualmente nella capitale dell'Impero. Infatti la coppia, Rute e Gustavo, era solita viaggiare ogni anno verso il nord della Penisola Iberica, soprattutto verso le montagne delle Asturie, alla ricerca di un clima più ameno durante l'estate.

Oltre a Rute e Gustavo, la comitiva era composta dal ministro dell'interno, Paulão, accompagnato dalla moglie, Vanessa, e da due guardie del corpo. Gustavo decise di pagare di propria tasca i biglietti del treno sia di Rute che di Vanessa, mentre i restanti furono pagati dallo Stato. Per lui era essenziale che gli elementi del governo limitassero le spese di rappresentanza al minimo ed era sempre il primo a dare l'esempio.

Rute e Gustavo si installarono in uno scompartimento, senza lussi, composto da due cuccette e da un tavolino di plastica incollato all'unica finestra esistente. C'era anche un piccolo lavandino, un wc e uno spazio minuscolo per potersi fare la doccia.

Sarebbe stato un lungo viaggio, della durata di quattordici ore, da Lentiscais a La Rochelle, la maggior parte del quale si sarebbe svolta di notte. Il capo di governo e la prima dama erano rilassati nel proprio scompartimento, stavano leggendo. Gustavo leggeva un classico di letteratura dell'era antica, mentre Rute correggeva degli esami di fisica, in quanto era professoressa e anche direttore del dipartimento di fisica all'università.

Alle otto in punto, passò nel corridoio un uomo ad annunciare che la cena era pronta. Gustavo rimase sereno e continuò a leggere, mentre Rute decise di prepararsi per il pasto. Indossò un vestito verde, estivo, un po' attillato, con maniche corte e l'orlo al ginocchio. Mise dei lunghi orecchini verdi, si tinse le labbra di rosso e gli occhi di verde chiaro con una leggera riga nera; non le risultò per niente facile truccarsi a causa dell'oscillazione costante del treno.

- Io sono pronta, Gustavo. E tu?

Gustavo guardò Rute e pensò che fosse eccessivamente elegante per l'occasione, ma lei era così, sempre civettuola, sempre piena di charme. Dopo quindici anni, Gustavo continuava ad amarla; erano lontani i tempi in cui vivevano una passione quotidiana, in questo momento avevano una relazione di cameratismo e mutuo rispetto. Lui continuava ad essere attratto fisicamente da Rute, che aveva nove anni più di lui; in realtà questa differenza non si notava più, lui era diventato completamente calvo ed era abbastanza ingrassato, soprattutto nella zona addominale. Rute, dal canto suo, si vestiva in modo piuttosto elegante e giovanile per i suoi anni, diventando anche il bersaglio di molte battute da parte dei professionisti della moda, che ritenevano si vestisse in modo ridicolo per la sua fascia di età. Gustavo non condivideva questa opinione; per lui Rute rappresentava classe, raffinatezza e sex-appeal. La sua pelle era bianca come l'avorio, lei evitava sempre il sole. Il suo viso era piccolo e rotondo, ovviamente con qualche ruga vicino alle labbra e agli occhi; i capelli erano lisci e le arrivavano quasi alle spalle, li portava tagliati in modo asimmetrico, più corti sulla nuca e sempre più lunghi approssimandosi al viso; erano tinti di castano chiaro, con due ciuffi nella parte anteriore tinti di rosso. Era magra, ma non in maniera eccessiva, sia il suo petto che le anche avevano ancora delle curve ben definite. Malgrado gli sforzi che faceva per cercare di nascondere l'inevitabile processo di invecchiamento, il suo collo mostrava la sua vera età, era flaccido e senza elasticità, e per questo motivo Rute usava sempre foulard o cache-col eleganti.

- Oh, come sei elegante! Andiamo solo a cena con Paulão e Vanessa.

- Sono io ad essere elegante, tesoro, qualunque straccio mi sta bene.

Rute mandò un piccolo sorriso e uno sguardo seducente verso Gustavo; questi si alzò, le diede un bacio delicato vicino all'orecchio, inspirò a fondo il profumo alla vaniglia usato dalla moglie e accarezzò dolcemente la forma del suo posteriore.

- Sei semplicemente irresistibile, devi aver fatto qualche patto col diavolo perché per te il tempo non passi mai.

- Menti male, Gustavo, ma è bello sentire dei complimenti a sessant'anni.

I due uscirono dallo scompartimento e si diressero al vagone ristorante. Si trattava di uno spazio relativamente grande con più di quindici tavoli, tutti collocati vicino alle finestre, sui due lati del vagone, creando un corridoio fra i tavoli. Gustavo salutò i pochi passeggeri che vi si trovavano, sorpresi di vedere l'imperatore in quel luogo. Paulão e Vanessa erano appena arrivati e portavano con sé il loro bebè, che dormiva nel passeggino.

I quattro erano animati, parlavano a voce alta e ridevano come se fossero in vacanza. Paulão era un eccellente narratore di storie e aneddoti e ascoltarlo parlare con tanta vivacità era un piacere. Quando cambiarono argomento, si misero a parlare di arte: cinema, libri o quadri; Paulão, Rute e Gustavo avevano una cultura artistica elevata e comparavano frequentemente gli artisti dell'era antica con quelli attuali. Vanessa, che aveva vent'anni in meno di Paulão, non partecipava a queste accese discussioni. Gustavo si ricordava sempre della sua ex-moglie, Marta. Si ricordava di quando lui passava la notte a conversare con gli amici di film e libri mentre Marta, totalmente ignorante in materia, rimaneva in silenzio, aspettando che la serata terminasse rapidamente. Sentiva di essere stato forse un po' crudele con l'ex-moglie, l'aveva sempre trattava come una sempliciotta, ma, in fondo, Marta era un'ottima persona, lavoratrice ed eccellente madre per i suoi figli. Forse per questa ragione, Gustavo sentiva pena per Vanessa, e cercava di non farla sentire a disagio quando non conosceva niente sul tema che stavano trattando; per questo le faceva domande sul bebè o su qualche altro argomento futile per cui lui, in realtà, non provava alcun interesse, però vedeva che la moglie di Paulão rispondeva con impegno.

Quando stavano già ordinando il dolce, il neonato cominciò a piangere; né Vanessa né Paulão riuscirono a calmarlo e decisero di ritirarsi nel proprio scompartimento, così che Vanessa lo potesse allattare. Gustavo e Rute restarono quindi da soli al tavolo; lui cambiò posto e le si mise di fronte.

- Ordiniamo un'altra bottiglia di questo vino verde? – chiese Gustavo.

- Vuoi farmi ubriacare, signor presidente? – disse Rute con aria provocante.

- Sì, voglio farti ubriacare e magari poi approfittarmi di te. – I due risero.

- La tua proposta mi sembra piuttosto interessante. Che venga un'altra bottiglia.

- Credo che non abbiamo mai fatto l'amore su un treno, potremmo approfittare dell'occasione o hai qualche mal di testa, come al solito? – Gustavo cercò di guardarla con seduzione, ma sentì che di aver assunto un aspetto più comico che attraente.

- Vecchio malandrino, per caso hai portato le pillole? – Scoppiarono in una risata sonora.

- Non ho ancora bisogno di quelle pillole, perlomeno con le stagiste del mio ufficio il mio apparecchio funziona perfettamente. – I due tornarono a ridere e questa volta si scambiarono occhiate complici. Gustavo continuò:

- Che bello vederti ridere alle mie battute, pensavo che non ti piacessero più i miei scherzi.

Con il vino della nuova bottiglia Rute riempì il proprio bicchiere e poi quello del marito, bevve un piccolo sorso e gli disse:

- Prima ridevo sempre alle tue battute perché ero innamorata di te, ma con il passare del tempo, la passione non è la stessa e le tue battute sono identiche a quelle degli ultimi quindici anni.

- Non concordo, attualizzo il mio materiale umoristico regolarmente. Il problema è che hai perso il tuo senso di humor nero e sarcastico; l'età non perdona, mia cara.

Rute fece una faccia seccata, per mostrare che non aveva apprezzato l'uscita. Poi si fece silenzio e i due continuarono a bere lentamente il vino. Dal finestrino non si vedeva niente, solo oscurità, era scesa la notte e non si intravvedeva nessuna luce di qualche paese all'esterno, sembrava che il treno stesse viaggiando da solo per il mondo.

- Per fortuna siamo soli e rilassati, perché volevo affrontare una conversazione importante con te. – Gustavo disse la frase cambiando atteggiamento; le battute, apparentemente, erano finite. Rute lo guardò con curiosità. – L'anno prossimo ci sarà il congresso speciale per eleggere il presidente della nazione... ho deciso di non candidarmi, è arrivato il momento di lasciare spazio al nuovo.

Rute restò in silenzio e bevve un altro sorso di vino senza staccare gli occhi da Gustavo. Quest'ultimo non sapeva se continuare o aspettare qualche commento da parte della moglie.

- E quand'è che l'hai deciso?

- Da parecchio tempo. Sono al potere da quindici anni, lo Stato non ha più bisogno di me, il mio obiettivo è già stato raggiunto.

- E solo adesso pensi di dirmelo?

- Stavo aspettando il momento giusto.

- Immagino che tu abbia già pensato a chi sarà il tuo successore.

- Sì, ho una persona in mente.

Gustavo notò che Rute era alterata, la conosceva molto bene ed era evidente che la notizia aveva modificato la sua postura rilassata, adesso era molto più tesa.

- Non penserai ai tuoi figli, vero?

- Alice e Diogo! Per l'amor di Dio, questa non è né sarà mai una monarchia. Sono molto felice che loro due non siano interessati alla politica. Il prossimo presidente della regione Serrana verrà scelto dal congresso. Spero che ci siano molti candidati e ovviamente io ho già scelto il mio.

- So perfettamente a chi stai pensando – disse Rute, che sembrava in grado di leggere i pensieri di Gustavo. Lui le fece capire che aveva indovinato. – Sai come sta? Se sta bene?

- Secondo le ultime notizie che ho ricevuto sta abbastanza bene, ma sono preoccupato.

I due tornarono a bere il vino lentamente e rimasero in silenzio per qualche minuto, finché Rute non lo interruppe:

- E dopo cosa pensi di fare?

- Non so. Magari insegnare, scrivere le mie memorie. Passare più tempo con i miei figli; ho perso troppi capitoli della loro vita, tutto a causa dei miei compiti di governo. Non so... avere più tempo per me... chi lo sa, aiutare nella transizione verso il nuovo leader.

Rute fece una risata spontanea.

- Sai chi sembri quando parli così, Gustavo? Il vecchio Proença, te lo ricordi?

I due risero.

- Il vecchio Proença, era un po' di tempo che non me lo ricordavo. Sembra che sia passato tantissimo, come se fosse in un'altra vita. Tu sei spuntata in paese come una vagabonda.

I due sorridevano tranquillamente ricordando i tempi passati.

- Siamo passati attraverso molti cambiamenti, Gustavo. La parola vagabondo praticamente non esiste nemmeno più. Così come disoccupazione, discriminazione, razzismo, corruzione, inquinamento, ecc. Abbiamo migliorato molto la società, non credi, mio caro?

- Anche la parola pace non esiste praticamente più, siamo sempre in guerra.

- Ma questo non è per colpa nostra.

- Abbiamo fatto delle cose di cui non vado orgoglioso, Rute.

- Non essere ridicolo. - Rute utilizzò un tono di voce duro – È logico che abbiamo percorso un cammino tortuoso per ottenere una società migliore, ma non c'era altra soluzione, o hai dei dubbi sul fatto che stiamo molto meglio oggi rispetto a vent'anni fa?

- Stiamo chiaramente meglio, ma allo stesso tempo sono stati utilizzati dei metodi piuttosto infimi, sporchi. – Gustavo fece una piccola pausa, ma con la mano fece un cenno per dire di non aver terminato e con aria divertita continuò: – Io penso che tu sia sempre stata il mio diavoletto, che mi dava sempre i consigli meno ortodossi, mentre il mio angelo cercava di farmi essere un leader più umano.

Rute fece una risata forzata, seguita da un sorriso cinico verso Gustavo.

- Certo, certo, la colpa è sempre di noi donne. Lo so già che stai parlando dell'operazione Britannia.

- Anche. Io mi sarei comportato in un altro modo.

- E perché non l'hai fatto? Eri tu il leader, tu avevi l'ultima parola. Sei tu ad aver deciso. – Rute puntava il dito su Gustavo con una certa animosità.

- Perché io ero l'unico a voler fare le cose in modo differente; avremmo potuto indebolirli economicamente, senza che fosse necessario il bagno di sangue che si è verificato.

- Tu sai che questa è una menzogna. Nell'era antica, il Regno Unito era una "porta-aerei" degli Stati Uniti. Sai cosa sarebbe successo adesso: la nave americana non avrebbe attraccato a La Rochelle, ma da qualche parte in Britannia.

Gustavo rimase in silenzio, riconobbe che Rute aveva ragione. Avrebbe voluto dirle di avere dubbi ed anche rimorsi sul modo in cui era morto Ramiro, ma concluse che questo avrebbe sollevato molta polvere, una polvere troppo antica. Rute lo osservava con aria dura, aggressiva. Gli chiese con insolenza:

- Pensi anche che quello che è stato pianificato per la regione Sacra sia ingiusto? Troppo crudele?

- Non fare paragoni. Nell'operazione Sacra non saranno coinvolti civili.

La mente di Gustavo riandò all'autunno precedente, quasi un anno prima, quando per la prima volta il leader della regione Sacra e lui, il leader della nazione Serrana, si erano incontrati per una riunione fra Capi di Stato. Al contrario di ciò che Gustavo sperava, il presidente della regione Sacra, un uomo alto e biondo di origine bavarese, non era stato per niente amichevole, ed aveva accusato Gustavo e il regime di dittatura psicotica, di incutere paura, di schiavitù, di censura, di perseguitare l'opposizione e di limitare i mezzi di comunicazione, oltre ad altre barbarie. Gustavo, che non era preparato per quel tipo di accuse e si aspettava una riunione cordiale, era rimasto così sorpreso e disgustato da aver gridato al suo omologo parole come: "porco capitalista" o "liberalista di merda". I due avevano in programma una riunione per l'inverno; questa volta da parte della regione Sacra era in atto un tentativo di normalizzare le relazioni ed iniziare insieme una lotta contro il vicino comune: i Vandali. Gustavo invece aveva già un piano per la prossima riunione, che non comprendeva la normalizzazione delle relazioni, ma qualcosa di più simile ad uno scacco matto.

- Tu pensi che ci sia davvero tuo fratello Helder su quella nave?

Gustavo mise da parte la memoria acida della riunione a tornò alla realtà.

- Spero proprio di sì, non credo che si sarebbero inventati una cosa del genere. È ovvio che ci sono molte domande da fare. Come hanno saputo che era mio fratello? Come è riuscito a sopravvivere? Sarà stato sequestrato? Avrà una famiglia in America? Sarà un mezzo pazzo che si spaccia per mio fratello? Domani sapremo.

- Sei nervoso?

- Nervoso, no. Ansioso. – Bevve ciò che gli restava nel bicchiere con impeto e fece un cenno con la testa a significare che era ora di andare. – Andiamo?

Uscirono dal vagone ristorante e si incamminarono lungo il corridoio del treno fino alla propria carrozza. Gustavo seguiva la moglie approfittando delle oscillazioni del treno per toccare il posteriore di Rute che, fra risate e spinte giocose, camminava mezzo ubriaca e con difficoltà.

Entrarono ridendo, lui la prese per i fianchi e la baciò sulle labbra; poi le baciò il collo e le spalle. Lei si allontanò e con la voce impastata dall'alcol gli ordinò di svestirsi e mettersi nel letto. Poi, ridendo, cominciò a cantare una canzone lenta e sensuale e si tolse lentamente i vestiti; cercava di ballare, ma sia l'oscillazione del vagone che il suo stato alcolico davano un'immagine comica della quale Gustavo, già dentro le lenzuola, rideva con gusto. Rute rimase quasi nuda, continuando a danzare e cantare. Gustavo smise di ridere e si fece serio. Ciò che sentiva per Rute era più che semplice amore, era venerazione; tutti i giorni si sentiva baciato dalla sorte per poter condividere la vita con lei. Negli ultimi quindici anni aveva avuto varie opportunità di esserle infedele, con donne giovani e belle, ma per Gustavo questo era assurdo, Rute era il sole della sua vita, per lei era disposto a tutto. Sì, lei non era più giovane né aveva un corpo attraente con i suoi sessant'anni, ma vedendola danzare davanti a lui, con la sola lingerie addosso, Gustavo si sentì l'uomo più felice del mondo: possedeva la donna più formosa e elegante di tutte, l'unica che lui voleva e desiderava follemente.

Rute entrò nel letto con sguardo felino e rapidamente avvolse il corpo a quello del marito; si scambiarono carezze e baci senza pausa, mordendosi le labbra e sentendosi la lingua l'un l'altro.

- Stai sopra tu, Gustavo. Io sono troppo brilla.

Lui obbedì e fecero l'amore lentamente, fra risate, abbracci, carezze e molti baci. Gustavo, vicino al climax, le disse all'orecchio:

- Come ti amo, Rute!

- Lo so, Gustavo. Anch'io tengo molto a te.

Fumo Nero

I

Il giorno successivo al suo ritorno a Biriatu, Matthias si presentò alla polizia locale per occupare il suo posto di lavoro. Fu ricevuto con una certa indifferenza da parte del comandante, che gli fece un discorso standard sugli obblighi, i doveri e i vantaggi che avrebbe avuto da quel momento. Gli ordinò di cominciare a lavorare l'indomani con un collega che lo avrebbe addestrato.

Dopo aver ricevuto l'uniforme, Matthias si diresse allo spogliatoio dove c'erano vari poliziotti, si presentò molto umilmente, loro gli diedero il benvenuto e gli chiesero:

- Sai già chi sarà il tuo partner?

- Sì, lo conoscerò domani. Si chiama Joxemari.

- Ahi, buona fortuna, ragazzo.

E cominciarono a ridere e a scambiarsi commenti sottovoce. Matthias non capì la battuta e pensò che probabilmente volessero spaventarlo, che fosse una specie di tradizione o di prassi con i novellini.

In casa fu accolto con allegria; le sorelle si erano totalmente adattate alla vita nella piccola città, lavoravano in una fabbrica tessile e oltre ai fidanzati avevano un gruppo di amici. Una di loro aspettava il ritorno del fratello per annunciare il suo matrimonio, che si sarebbe svolto un paio di mesi dopo, con una cerimonia civile con pochi invitati. La coppia aveva già dato una caparra per una nuova casa.

Le due sorelle cercarono di trovare, fra le proprie amiche, qualcuna che potesse cadere nelle grazie del fratello. Matthias invece non si interessava molto a questi incontri e vi si sottoponeva solo per l'insistenza delle gemelle. Lui andava spesso nel quartiere proibito dove vide che la prostituta morena, che in passato osservava sempre, era sparita. Pensava spesso che, con il suo primo salario, avrebbe speso una piccola somma con una prostituta ed avrebbe così perso la verginità.

Il suo lavoro consisteva nel vigilare il fiume Bidasoa e i suoi affluenti, le zone adiacenti il fiume e anche una piccola parte della Cornice Cantabrica. Lavorava su turni. Lui e il suo collega pattugliavano servendosi di lance rapide, automobili, biciclette, o anche a piedi. Il servizio consisteva, soprattutto, nel proibire la pesca illegale, il contrabbando e nell'osservare qualunque movimento sospetto, perché girava la voce che il gruppo Aurka potesse trovarsi in quella zona.

Matthias riassunse la sua prima settimana di lavoro come "un'autentica frustrazione." Non per il servizio, ma per il suo partner. All'inizio gli piacque l'idea di lavorare con un basco nativo, qualcuno con cui poter praticare il suo limitato *euskera*, ma vide rapidamente che il suo collega, Joxemari Zabala, era un terribile scansafatiche. Era un individuo imponente, non solo per la sua altezza, ma per l'enorme pancia e le mani gigantesche. Aveva una quarantina d'anni, un viso piccolo e rotondo, con dei grandi baffi non curati; aveva gli occhi strabuzzati, verdastri. I capelli quasi rasati così come le guance erano rossastri.

Joxemari si lamentava di tutto: del basso salario, dei turni di notte, degli altri colleghi di lavoro, delle condizioni poco confortevoli, ecc. Durante il giorno stava in una piccola capanna vicino alla sponda del fiume Bidasoa, dove leggeva il giornale, rilassato. Di notte, russava sonoramente dentro all'auto-pattuglia o alla lancia.

Matthias, che aveva voglia di azione, di svolgere il suo incarico, vedeva nell'atteggiamento di Joxemari un autentico secchio di acqua gelata. Provava vergogna per il carattere del suo partner e fra i due ci fu presto uno scontro di personalità.

- Ma resteremo in questa capanna tutto il giorno? – chiese Matthias senza riuscire a nascondere la propria ansia ed impazienza.

- Calma, ragazzo, leggi il giornale. Il nostro lavoro è vigilare e in questo momento non sta succedendo nulla.

- Ma non dovremmo pattugliare il fiume?

- Per cosa? Fa troppo freddo per andare là fuori e, a parte questo, lo Stato ci paga una merda.

- Se la pensi così, perché non cambi lavoro? – Matthias odiava l'atteggiamento di Joxemari e cercò di essere il più diplomatico possibile.

- No, sono troppo vecchio per farlo. Impara da me, giovanotto, meno rotture si hanno meglio è. Fai le cose con calma, ragazzo.

A metà della seconda settimana di lavoro, Matthias si presentò a sorpresa al comandante della polizia. Questi, circondato da carte sulla scrivania, gli fece cenno di entrare senza quasi guardarlo.

- Cosa succede, Matthias?

- Comandante, vengo con l'intenzione di chiedere il trasferimento di servizio.

Fu in quel momento che il capo del giovane poliziotto smise di leggere le carte che aveva davanti, guardò Matthias dritto negli occhi e si diresse alla porta per chiuderla e poter così conversare più tranquillamente.

- Siediti, Matthias, mettiti comodo – disse il comandante con uno sguardo curioso tornando a sedersi al suo posto. – E quindi? Dimmi cosa succede.

- Comandante, non saprei, ma credo che sarei più utile in un altro tipo di servizio.

- Hai qualche problema con il tuo partner? Non ti piace il servizio?

Matthias non voleva denunciare il collega, e per questo cercò di trovare una via d'uscita:

- Beh..., sa, il problema è mio, stavo cercando un po' più di azione e il lavoro mi sembra molto sedentario.

- Capisco – disse il comandante, accarezzandosi la barba e annuendo con la testa. – Sai, Matthias, ti ho messo con Joxemari per testarti. Per sapere che tipo di agente saresti stato. E dal tuo atteggiamento riesco a vedere che posso contare su di te. Joxemari è un pessimo poliziotto, un fannullone, un indolente, che sa solo lamentarsi. Mettendoti con lui, volevo vedere la tua reazione. E ho appena avuto la conferma di poter contare su di te, perché tu avresti potuto fare lo stesso che fa lui: niente. Ma no, tu sei venuto qui, non per denunciarlo, ma per chiedere un trasferimento. Senza dubbio questo è un atteggiamento lodevole.

- La ringrazio, comandante, però non vorrei pregiudicare nessun collega di lavoro.

- Non preoccuparti, ragazzo, diciamo che questa settimana ci saranno dei controlli a sorpresa e, se dovessimo riscontrare un comportamento improprio da parte del tuo partner, gli sarà fatto presente, senza che si sappia che sei stato qui.

E così fu: quella settimana, due ispezioni a sorpresa colsero Joxemari a leggere il giornale o a dormire nella lancia. Il comandante lo chiamò e gli offrì tre opzioni: il licenziamento, il trasferimento o la possibilità di continuare nello stesso servizio, ma agli ordini di Matthias, che sarebbe passato a comandare l'equipe. Joxemari scelse la terza opzione.

Matthias aveva un buon cuore e cercava di non fare troppe pressioni sul proprio collega di lavoro; per questo lo lasciava nella capanna o in auto, mentre lui saliva e scendeva la sponda del fiume Bidasoa alla ricerca di infrazioni. Solo quando aveva bisogno dell'aiuto del suo collega lo chiamava via radio.

Formavano un'equipe ragionevole, Matthias aveva molta voglia di far rispettare la legge, mentre Joxemari, con più esperienza, gli dava consigli e si lasciò persino relativamente entusiasmare dall'impeto del più giovane.

Durante una notte di pattuglia, con la luna quasi piena, i due colleghi si trovavano sul Mar Cantabrico, vicino alle scogliere del Monte Jaizkibel; queste scarpate scure erano piene di strane forme che mettevano paura, sembravano giganti addormentati. Era una notte di inverno e l'aria era piuttosto fredda. Matthias lasciò che il suo partner si mettesse a poppa dell'imbarcazione e dormisse un po', mentre lui navigava senza meta, con le luci spente. Avevano l'ordine di pattugliare quella zona e di intervenire se avessero visto qualche barca pescare clandestinamente.

Il mare era calmo e Matthias accendeva a intermittenza le luci della lancia per non andare a sbattere contro qualche roccia. Sembrava un'altra notte tranquilla, e il giovane lasciava che l'imbarcazione seguisse il ritmo delle onde deboli di quel momento. Ma, improvvisamente, gli parve di vedere una luce provenire dal Monte Jaizkibel; spense rapidamente la luce della barca e aspettò di tornare a vedere quel brillio dal monte. Rivide la luce, ma questa volta si trattava di piccoli falò che apparivano e sparivano, come delle lucciole. Cercò il binocolo per la visione notturna e dopo qualche minuto riuscì a distinguere delle piccole lanterne che, apparentemente, scendevano lungo un sentiero. Trovò la cosa strana. Il monte era disabitato, solo i pastori portavano le mandrie a pascolare durante il giorno. Improvvisamente il cuore cominciò a saltargli nel petto: una delle lanterne stava facendo un segnale in codice Morse abbastanza chiaro: SOS. Aguzzò tutti i sensi... aveva visto bene? Sarà stato possibile? E vide di nuovo il segnale. Restò senza reazione. Chi sarà stato? Guardò dentro la lancia e vide che Joxemari dormiva profondamente. Si trattava di qualcuno che si era perso sul monte? Di un rapimento? Di contrabbandieri? Di una trappola? Però, per essere in grado di trasmettere quel tipo di segnale, doveva trattarsi di qualcuno che aveva ricevuto un addestramento militare. Decise di rispondere allo stesso modo: prese una lanterna e lampeggiò tre volte rapidamente, poi tre volte più lentamente e per finire altre tre volte con impulsi corti. Non accese le luci della barca né il motore, prese i remi ed avanzò con cautela fino alla riva, le onde lo aiutarono ad avvicinarsi e, quando sentì che l'imbarcazione aveva toccato una roccia, fece un salto e toccò la terraferma. Joxemari si svegliò per il piccolo contraccolpo della lancia.

- Cosa succede, Matthias? – chiese, mezzo addormentato.

- Vado lassù, qualcuno ha inviato un segnale di aiuto.

- Davvero? Sei pazzo! Ti perderai in questa oscurità o cadrai in qualche burrone. Aspettiamo che faccia giorno.

- No. Vado adesso. Fai attenzione alla radio, potrei aver bisogno di aiuto.

Matthias cominciò a salire per un sentiero ripido, portando in mano una lanterna, con passo rapido, quasi correndo. Si fermò. Si ricordò di avere solo il suo revolver Magnum 327, con soli cinque proiettili. Pensò di tornare indietro e raccogliere più munizioni, ma decise di proseguire, non voleva perdere altro tempo.

II

Sara seguiva padre e figlio, che davanti a lei avanzavano ad una velocità sostenuta. Scesero lungo il Monte San Marcial, attraversarono le paludi ed i rispettivi orti e iniziarono a risalire il Monte Jaizkibel.

Sara aveva tutti i sensi in allerta, in attesa di qualche movimento strano. Camminava con timore, senza sapere quale fosse la sua meta. Riuscì, con i nervi a fior di pelle, ad identificare le due possibili opzioni: stavano andando al nascondiglio degli Aurka o la stavano portando in un luogo isolato per assassinarla.

Mentre salivano, Sara si guardava intorno, e le pareva impossibile che gli Aurka potessero avere un accampamento in quel luogo: gli alberi erano a foglie caduche, sarebbe stato facile identificare la presenza di esseri umani da una distanza ravvicinata. Continuava a camminare e ad ogni momento che passava il posto le sembrava più sinistro, i rami degli alberi spogli di foglie davano al luogo un aspetto desolato. Senza rendersene conto, entrò in una zona composta da pini comuni e da bassi arbusti; lì padre e figlio si fermarono. Sara fece qualche passo indietro e, con un gesto lento, avvicinò la balestra alla mano destra.

Fu in quel momento che sentì delle voci, dei passi e solo dopo si rese conto di trovarsi già dentro l'accampamento Aurka. Era incredibile il modo in cui si erano nascosti, semplicemente brillante, pensò Sara. Fra i pini e la vegetazione bassa c'erano varie tende, dello stesso colore della flora. Erano camuffate armoniosamente nella natura ed era quasi impossibile distinguere una qualunque vita umana ad occhio nudo.

- Allora? Sei rimasta colpita? – chiese Beñat che si era accorto della reazione di Sara.

- Senza dubbio, sono rimasta a bocca aperta.

- Vieni, ti presentiamo il nostro leader, Tito.

Nel sentire quel nome, Sara si agitò. Tito il corso, Tito l'assassino. Era forse uno degli uomini più conosciuti e odiati dallo Stato Serrano. Secondo fonti ufficiali Tito, originario della Corsica, aveva deciso di dare inizio alla guerriglia contro lo Stato dopo essere arrivato sull'isola ed aver visto che la maggior parte degli abitanti aveva votato per aderire alla nuova nazione. Tito, che era contrario a questa votazione, accusandola di essere fraudolenta, aveva creato un gruppo di terroristi.

Si addentrarono nel piccolo accampamento, c'erano una decina di tende, in totale forse venti o trenta persone nelle vicinanze; Sara sentiva su di sé lo sguardo dei presenti. Si sentiva come una turista in un paese lontano, persa, senza sapere come fosse finita in una zona inappropriata per uno straniero.

E poi lo vide, in un piccolo gruppo di uomini; le si avvicinò con un sorriso e la mano tesa.

- Ciao, Sara, benvenuta nel club, ho sentito parlare molto di te e tu, sicuramente, hai sentito parlare molto di me.

Sara sentì il tocco freddo della sua mano e un brivido le passò per la schiena. Aveva visto varie volte la sua fotografia sui giornali e la sua immagine in televisione ma in quel momento, dal vivo, Tito sembrava molto differente: era chiaramente più giovane, avrà avuto fra i trenta e i quarant'anni, aveva un tono di pelle mediterraneo, scuro. Non era particolarmente alto, si capiva che aveva un corpo muscoloso. I capelli erano ondulati, spettinati, castani senza nessun capello bianco e dalla nuca spuntava la famosa treccia che arrivava fino a metà schiena. Portava due piccoli orecchini in ogni orecchio e un *piercing* sul sopracciglio destro. La barba era poco folta ed aveva tra i quattro e i cinque giorni. Si distingueva un tatuaggio sul collo, nero, sembrava un simbolo legato alla guerra. Sara lo trovò piuttosto attraente.

Rapidamente, Tito condusse Beñat e Sara ad un tavolo, camuffato dalla vegetazione bassa, al centro dell'accampamento. Lì si trovavano già Magali, la giovane che aveva conosciuto quando era arrivata al Monte San Marcial e un altro ragazzo che Sara non conosceva.

- Ok, mettiamoci al lavoro, non c'è tempo da perdere – disse Tito, abbassandosi su una mappa. – Partirete all'alba, portando con voi documenti falsi e un veicolo a energia solare. Dovrete percorrere circa 200 chilometri in direzione sud fino alla città di Igea. Una volta lì, una di voi – indicò le due donne – lascerà uno zaino pieno di esplosivi vicino alla caserma dell'esercito e poi vi ritroverete tutti su una collina che si trova ad un chilometro dalla suddetta caserma. Quando attiverete la bomba, questa esploderà dopo un minuto; nel caso in cui in questo minuto voleste annullare l'esplosione, poi non potrete attivare nuovamente la bomba. Il rientro dovrà essere rapido e lungo vie secondarie. Qualche dubbio? No? Allora andiamo a cena e a dormire, perché domani dovremo svegliarci presto.

La quasi totalità del gruppo si riunì nel piccolo spazio vuoto al centro dell'accampamento per cenare. Pochi uomini e donne restavano di guardia alle diverse entrate del nascondiglio; in caso di pericolo tutti avrebbero dovuto cercare di camuffarsi al massimo. La maggior parte degli uomini proveniva dalla prigione centrale dello Stato Serrano. Tutti erano armati, e questo sorprese Sara, che pensò che probabilmente gli Aurka avessero qualche contatto all'interno dell'esercito per disporre di tutto quel materiale bellico. Tito le diede una pistola semiautomatica, nera, abbastanza elegante. Finalmente tornava a possedere un'arma da fuoco, dopo mesi con la sola balestra. Si sentiva felice come una bambina che riceve un regalo di compleanno.

La cena consisteva in una zuppa come primo piatto e della carne cacciata dal gruppo come secondo. Il dolce fu un pezzettino di cioccolato e frutta.

Dopo il pasto, alcuni elementi del gruppo si portarono dei piccoli djembe[2], e cominciarono a suonare in modo omogeneo e ritmato intorno al falò. Cominciarono a circolare spinelli di hashish.

Sara era comoda, fumò un po' di hashish e rimase a contemplare il movimento ipnotico delle fiamme; poi si sdraiò sull'erba umida e si deliziò nel guardare il cielo quasi limpido punteggiato da stelle, accompagnata dal battito dei tamburi; immaginò che probabilmente in antiche generazioni o tribù ancestrali questa fosse un'usanza abituale. Si addormentò con la mano sulla pistola.

Si svegliò nel bel mezzo della notte, nell'oscurità, sentendo freddo; il falò si era spento, e Magali le stava dicendo di andare alla sua capanna dove c'era un sacco a pelo per lei. Fece fatica a riaddormentarsi, era in ansia per il giorno seguente.

Poco dopo le sei del mattino era già in piedi a preparare la logistica per il viaggio insieme agli altri elementi; mangiarono qualcosa di leggero e prima delle sette si misero in movimento in direzione sud.

Il viaggio fino ad Igea durò due ore e mezza. Sara e Magali erano sedute dietro nell'auto elettrica. Sebbene cercassero di distrarsi con conversazioni leggere e futili, la tensione nella macchina era evidente, avrebbero realizzato un attentato terroristico. Non incontrarono nessun veicolo della polizia sulla strada per Igea e, quando arrivarono alla meta, fu Magali ad essere scelta per trasportare lo zaino fino alla caserma. Parcheggiarono in una via lontana dall'edificio, Magali si mise lo zaino in spalla, respirò profondamente ed uscì con passo rapido, quasi di corsa.

Nell'auto regnava il silenzio più profondo; gli uomini, sui sedili anteriori, fumavano sigarette compulsivamente. Sara sentiva un mix di emozioni: da un lato avrebbe voluto che l'operazione avesse successo e che tornassero sani e salvi all'accampamento, ma dall'altro lato non voleva che ci fossero perdite per gli altri, solo danni materiali. Pensò che avrebbe potuto essere stata lei a trasportare lo zaino e che avrebbe potuto avvisare i soldati di ciò che stava per succedere, ma questa sarebbe stata una follia, questa opzione non aveva alcun senso, loro probabilmente l'avrebbero immediatamente abbattuta. Era nervosa e si sentiva impotente, guardava in tutte le direzioni senza cercare niente di concreto, era come se fosse un piccolo insetto catturato da una tela di ragno che non sa quando e da dove arriverà il pericolo. Magali tornò alla macchina con il respiro accelerato e con il viso arrossato.

I quattro si diressero rapidamente alla collina indicata da Tito e, da lì, con i loro binocoli, osservarono la caserma e le vicinanze. Beñat preparò il dispositivo. Il giovane che li accompagnava, e che Sara non conosceva, era il leader dell'operazione e sarebbe stato lui a premere il bottone per fare esplodere la bomba. Si trovavano su questa collina, nascosti fra la vegetazione, con i binocoli in mano. Avevano come obiettivo aspettare il momento ideale per attivare l'esplosivo e questo momento sarebbe stato quando non ci fossero stati civili vicino alla caserma. Era ora di pranzo e le strade erano vuote.

- È arrivato il momento della verità – disse il leader del gruppo, prendendo il dispositivo in mano. Diede un'ultima occhiata attraverso il binocolo e, dopo aver ricevuto la conferma dagli altri elementi, spinse il bottone facendo automaticamente scattare un piccolo cronometro che cominciò a contare in modo decrescente, partendo da 60 secondi.

- Annulla la bomba, veloce! – gridò Sara, agitata.

- Cosa succede? – chiese il leader.

- Un civile sta avvicinandosi al luogo dell'esplosione. – Sara parlava con difficoltà facendo segnale al leader di tagliare il filo.

- Non possiamo più, pazienza.

- È una donna con un passeggino – urlò Sara. – C'è ancora tempo, stupido!

Beñat e Magali erano perplessi, non mostravano alcuna reazione, sembrava che tutto si stesse svolgendo al rallentatore. Il leader rimase in silenzio, osservando le cifre che decrescevano finché non si sentì una forte esplosione. Tutti guardarono in direzione della caserma e videro solo polvere e fumo.

Sara era furiosa, ritirò la pistola dalla cintura e, con un movimento rapido di chi maneggia perfettamente le armi da fuoco, tolse la sicura e puntò l'arma sul leader del gruppo.

- Figlio di puttana, hai appena ucciso una madre e suo figlio, morirai qui.

Tutti restarono sorpresi e turbati, il leader alzò le mani e disse con voce debole:

- Io avevo degli ordini chiari, non avrei potuto disattivarla.

Sara era fuori di sé, aveva totalmente perso il controllo.

- Ma tu sei davvero così cretino, hai appena assassinato delle persone innocenti.

- Sono danni collaterali nella lotta per la libertà.

Sara non riuscì più a trattenersi e con un gesto rapido colpì con il calcio della pistola il naso del leader, facendolo cadere a terra con le mani sulla faccia piena di sangue. Sara, con il braccio destro teso, era pronta a sparare.

- Non lo fare, Sara – la supplicò Magali. – Così passi dalla parte del torto.

Beñat si sentiva come in trance, sopraffatto da quello che stava succedendo.

Magali si avvicinò a Sara e, toccandole la spalla, le fece abbassare la guardia cercando di calmarla un po'.

- Andiamocene da qui - disse Magali. – Abbiamo un viaggio da fare, risolveremo la questione all'accampamento.

- Tu siediti di fianco a me in macchina. – disse il leader con la mano sul naso. – Non voglio che mi spari alle spalle.

- Non sono codarda come te – rispose Sara fra i denti.

Il viaggio di ritorno si svolse in un clima di autentica tensione, vennero scambiate poche parole fra gli elementi del gruppo e, quando accesero la radio per sentire se c'erano notizie sull'attentato, sentirono questo:

"Ancora non sono stati confermati molti dettagli però, a quanto pare, i Vandali sono tornati ad attaccare con una bomba di grande potenza; l'obiettivo era la caserma dell'esercito della località di Igea. In questo momento, si sa di quattro morti certe: due soldati e due civili, specificamente una madre e il figlio neonato. "

Spensero la radio e si fece un lungo silenzio, tutti erano a disagio. Finché Beñat non disse:

- Lo Stato mente ancora una volta, dà la colpa ai Vandali e non parla di noi.

- Sei proprio stupido, Beñat, abbiamo assassinato una madre e un bebè e tu ti preoccupi della pubblicità che viene data all'attentato.

Beñat sentì lo sguardo di disprezzo di Sara e si sentì offeso.

- Sara, l'Impero Serrano è molto peggio di noi, non dimenticare che stai sfuggendo da loro.

- Sì, Beñat, sto fuggendo perché ho fatto qualcosa di illegale, secondo la loro legge, ma io non ho mai visto l'Impero uccidere dei civili in modo aleatorio. Voi siete molto peggio di loro. Ma, chiaro, tu fai semplicemente quello che ti ordina il paparino, non sei altro che un fantoccio.

- E allora perché stai con noi?

- Oggi stesso smetterò di farlo, preferisco affrontare da sola i Vandali o cadere nelle mani dei soldati Serrani piuttosto che rimanere con voi, che vi definite "liberatori", "la resistenza", ma, in fondo, siete terroristi tanto quanto i Vandali.

Il viaggio fu lungo e scomodo per tutti; seguirono le strade secondarie che Tito aveva indicato sulla mappa e anche questa volta non incontrarono nessuna pattuglia della polizia. Arrivarono all'accampamento verso sera, e furono ricevuti da poche persone con freddezza. I mezzi di comunicazione parlavano solo delle vittime: i loro nomi, età, professione, chi lasciavano. Come era abituale, praticamente non menzionavano gli autori dell'attentato. Dicevano solo che si trattava di un'altra ripugnante azione dei Vandali o di una delle loro cellule.

Sara informò il padre di Beñat e Tito che, quello stesso giorno, sarebbe partita; raccontò la sua versione dei fatti e la sua contrarietà per il fatto che il leader si fosse rifiutato di annullare l'esplosione.

- Ok, è andata male, ma l'idea è di continuare nella nostra lotta, non possiamo arrenderci. – Tito cercava di rianimare lo spirito dei compagni.

- Questo tipo di atteggiamento serve solo a rafforzare la posizione dell'Impero. Pensi davvero che collocando delle bombe batteremo lo Stato? Se non cambierete la vostra politica interna, finirete per estinguervi.

- Sei pazza, Sara! L'Impero controlla i mezzi di comunicazione e racconta solo menzogne. Viviamo in una dittatura schiavista, circondati da censura e paura. Guarda la tua situazione! Stai fuggendo da loro e se ti dovessero prendere moriresti in una prigione a costruire armi per i loro soldati. Sì, oggi l'attentato è andato male, sono morti degli innocenti, ma quante persone sono morte nelle prigioni dello Stato, in quelle stesse caserme dove oggi abbiamo fatto l'attentato? Quanti?

Sara prese il suo sacchetto, che conteneva le poche cose che possedeva, e decise di partire.

- Preferisco rischiare la vita con i soldati dell'Impero o con i Vandali piuttosto che rimanere qui.

Magali e altri due giovani decisero di seguirla ed abbandonare a loro volta l'accampamento. Beñat era in un angolo, con la testa china, immerso nei suoi dubbi. Il morale del gruppo si era molto abbassato, ma Tito fece subito un discorso per rianimarlo, che però fu ricevuto dai restanti come un disco graffiato.

Era già notte quando Sara, con i tre disertori del gruppo Aurka, partì dall'accampamento; si portarono delle lanterne per illuminare il cammino. Sara camminava in mezzo al gruppo, alla sua destra c'era l'enorme e scuro Cantabrico. Improvvisamente vide una luce: una barca, pensò. A quell'ora! Poteva trattarsi soltanto di pescatori di frodo o di poliziotti.

Lasciò cadere la lanterna di proposito e, nel raccoglierla da terra, rimase indietro rispetto al gruppo; guardò nuovamente in direzione della barca, che aveva spento le luci, e decise di rischiare inviando in codice Morse: SOS, due volte.

III

Il viaggio di Gustavo e dei membri che lo accompagnavano stava finalmente arrivando alla sua fine. Ad aspettarli in stazione c'erano la presidente della commissione di Villedoux e il comandante della polizia locale. Dopo le rapide presentazioni, i due rappresentanti della località fecero il punto della situazione per Gustavo e Paulão e si diressero tutti ai veicoli che li attendevano.

La città marittima di La Rochelle era stata annientata dall'attacco quindici anni prima; la totalità della parte urbana era stata sostituita da una foresta umida, abbastanza fitta, di colore verde chiaro con una flora diversificata. L'unico resto archeologico esistente come prova di un'antica civiltà erano le varie torri, dell'epoca medievale, vicino al mare. In questo luogo, quando già esisteva l'Impero Serrano, era stato costruito un piccolo porto marittimo affiancato da qualche casa di legno, usata per fini ricreativi. Era stato esattamente qui che aveva attraccato l'imbarcazione americana.

Dalla stazione ferroviaria di Villedoux al porto di La Rochelle c'era un percorso di venti minuti; Gustavo e Rute sedevano sul sedile posteriore dell'automobile accompagnati dalla presidente della commissione di Villedoux, che non riusciva a nascondere la propria emozione nel conoscere personalmente l'imperatore e gli parlava del suo lavoro in qualità di presidente, e di come gli americani fossero stati ben trattati e controllati dal suo personale.

Si sarebbe potuto dire che Gustavo stesse tentando di essere amabile con la presidente, ma praticamente nemmeno la sentiva, era troppo nervoso e ansioso di arrivare a destinazione. Al suo fianco Rute, che conosceva bene il comportamento del marito, gli disse:

- Sei nervoso, amore?

- Sì – rispose lui senza staccare gli occhi dalla strada. Poco a poco, si sentì nauseato dal viaggio e gli venne voglia di vomitare, voleva fermarsi e respirare dell'aria pura.

La stessa presidente si accorse della sua indisposizione e rimase in silenzio fino alla fine del viaggio. A Gustavo quei venti minuti sembrarono eterni e quando arrivarono al porto stava sudando.

- Da quanto tempo non vedi tuo fratello?

- Non so, Rute, 16 o 17 anni.

Quando il veicolo entrò finalmente nel piccolo porto, Gustavo guardò freneticamente in tutte le direzioni alla ricerca di un viso familiare, scese dall'auto rapidamente e vide i marinai sull'attenti e davanti a loro un uomo con una divisa differente, probabilmente il capitano della nave, pensò. C'era una troupe televisiva che filmava tutto, il rincontro dei fratelli era una notizia importante. E fu in quel momento, mentre camminava verso il capitano, che Gustavo vide Helder.

I due fratelli incrociarono gli sguardi quasi contemporaneamente e cominciarono a camminare, con un passo veloce, uno in direzione dell'altro. A poco meno di un metro di distanza, gridarono esaltati:

- Helder!

- Gustavo!

E si abbracciarono con forza, pieni di emozione e lacrime. Tutti i presenti sorridevano, inclusi gli stessi soldati; ci fu anche un grande applauso. I due fratelli, con il coinvolgimento del pubblico, piangevano lacrime di gioia. Tutto questo filmato in dettaglio dalla televisione.

- Mio Dio, Helder! Sei davvero tu? Sembra uno scherzo. Come è possibile?

- Non ci posso credere, Gustavo, sembra un sogno.

- Ma guardati, sei quasi uguale. Hai ancora i capelli e sei così magro!

Helder, che era sempre stato un uomo fisicamente gracile, in quel momento era quasi scheletrico, i suoi tratti somatici erano più marcati che mai, la sua barba e i capelli erano quasi completamente bianchi.

- E tu, Gustavo, sei uguale a nostro padre. – Gli accarezzò il cranio pelato. – Parlando di lui, i nostri genitori sono ancora vivi?

- Purtroppo no, la mamma è morta cinque anni fa, a ottant'anni, e papà l'anno successivo.

I due si scambiarono un'occhiata triste e tornarono ad abbracciarsi.

- Vieni, abbiamo molte cose di cui parlare, voglio presentarti la mia sposa, si chiama Rute; Marta è morta nell'attacco.

- E i miei nipoti, Diogo e a Alice?

- Sono vivi – disse Gustavo con un sorriso.

Si fecero le varie presentazioni; Gustavo e il capitano americano si salutarono.

- È un onore conoscerla, signor presidente.

- Lo stesso vale per me. – Gustavo parlava in inglese con un accento esotico, ma con un buon dominio dell'idioma. – Grazie per avermi portato mio fratello sano e salvo, è una enorme gioia poter rincontrare un familiare che pensavamo di aver perso.

- È stato un piacere poter contribuire al vostro rincontro. E vorrei ringraziarla per la generosa ospitalità che io e i miei soldati abbiamo ricevuto in questa terra.

- Sono contento di sentirglielo dire. Capitano, mi piacerebbe sapere a che corrente appartiene la sua compagnia: i Realisti o i Progressisti?

Questa domanda colse il capitano di sorpresa ed egli non riuscì a nascondere il suo stupore. Non si aspettava che Gustavo conoscesse l'attuale situazione del suo paese, che si trovava nel mezzo di una guerra civile. Il capo di questo battaglione era un uomo poco più giovane di Gustavo, praticamente della stessa altezza, con la pelle piuttosto scura come tutti i marinai; aveva un viso rotondo, sbarbato in modo impeccabile e i capelli castani corti. Dopo un leggero balbettare, rispose:

- Ai Realisti, signor presidente, i veri eredi della nazione degli Stati Uniti d'America.

Gustavo fece un cenno affermativo, ma mostrando allo stesso tempo poco interesse all'argomento.

Le figure principali di quell'incontro si diressero all'unico ristorante del porto, che era già pronto a servire il pranzo. L'atmosfera nel locale era festosa, la musica era alta, la birra e il vino passavano di tavolo in tavolo, le voci gridavano e ridevano.

Al tavolo rotondo di Gustavo si sedettero anche Rute, il capitano americano, la presidente della commissione di Villedoux e il comandante della polizia locale. I due fratelli parlavano senza sosta, emozionati, mentre gli altri, più moderati, dialogavano in un misto di francese e inglese su temi superficiali e il nordamericano raccontava le avventure della sua truppa nell'attraversamento dell'Atlantico. Completamente estraniati da tutto, i due fratelli ricordavano storie del passato e si scambiavano domande.

- Sai, Gustavo, ricordo ancora l'ultima volta che ho parlato con i nostri genitori. È stato pochi giorni prima dell'attacco, eravate a Lentiscais. Non sai quante volte ho ripensato a quella telefonata.

- Sì, è vero. – Gustavo sembrava sforzare la memoria. – È stato un fine settimana orribile, i miei suoceri mi prendevano in giro perché avevo comprato delle galline e un porco.

- Avevi comprato galline e un porco?

- Sì, beh, non sai le cose per bene. Ai tempi ero diventato un po' paranoico e avevo stilato una lista di beni essenziali nel caso di un attacco, e fra questi c'erano gli animali.

Helder fece una piccola risata e poi cambiò lentamente atteggiamento fino a rimanere in silenzio con aria concentrata.

- Mi sarebbe piaciuto moltissimo poter vedere i nostri genitori un'ultima volta per chiedere scusa. Sono sempre stato molto egoista, non ho mai dato loro valore né li ho mai ringraziati per tutto quello che hanno fatto per me.

- Ehi, non pensarla così, loro sapevano che li amavi... a modo tuo.

- Credo di avere capito i nostri genitori solo quando sono diventato padre per la prima volta.

- Cosa? Sei padre? E non dici niente?

Sul viso di Helder apparve un piccolo sorriso, che si spense rapidamente.

- Sono padre di una bambina di dieci anni che si chiama Brenda, e sono stato anche padre di un bambino che si chiamava Bruce, ma lui è morto.

Ci fu un momento di silenzio, con Gustavo che non sapeva cosa dire.

- Bene, mi racconterai tutto. Vuoi dire che sono zio?

- Sì, guarda la sua fotografia. Tu non hai con te delle foto dei miei nipoti?

- Certamente, sono grandi adesso.

- E cosa fanno?

- Beh, Alice studia medicina, è al primo anno, mentre Diogo è quasi avvocato. Sono felice che non intendano diventare dei politici come me.

- E tu, che non hai mai considerato la politica, come sei diventato "imperatore"?

- È una lunga storia, fratello. Avremo tempo di parlarne. Viviamo in nuova era. Per darti un esempio, Lentiscais è la capitale di una nazione che occupa tutta l'Europa occidentale e il nord dell'Africa.

- Lentiscais? Sembra uno scherzo, quel paesino sperduto in mezzo al nulla. A proposito, esistono ancora le nostre querce da sughero?

Gustavo scoppiò in una forte risata.

- Sì, esistono ancora, l'anno scorso hanno dato la prima corteccia. Ma del paese che ricordi tu rimane poco o niente.

- E la nostra terra natale, il Cacém?

- Ah, il bello e maestoso Cacém – disse Gustavo con tono ironico – con la sua urbanizzazione caotica, i suoi edifici orribili, un luogo senza spazi verdi né strade senza buche. Tanto Lisbona quanto i suoi sobborghi sono spariti. Attualmente è un'enorme foresta di querce. Oggigiorno, luoghi come Cacém o città costiere dove si costruiva sulle dune e sulle spiagge non esistono più, sono solo ricordi di un'era retrograda.

Gustavo continuò, gonfiando il petto e parlando come un esperto in materia:

- La popolazione dell'Impero Serrano è di trenta milioni di persone, sparse in forma omogenea e armoniosa, non ci sono grandi agglomerati. Facciamo molta attenzione all'ambiente e le nuove generazioni imparano a scuola come, nell'era antica, si vivesse in un epoca in cui si inquinava l'ambiente, piena di corruzione, dove il denaro comandava su tutto e tutti.

- Lasciamo perdere questa conversazione noiosa e parlami delle cose davvero importanti: cos'è successo al grande, glorioso, Sport Lisboa e Benfica?

I due risero sonoramente, aiutati dal vino.

- Ebbene sì, Helder, esiste ancora, ma è tutto differente. Il calcio oggi è solo una categoria sportiva come un'altra. Non ci sono giocatori pagati a peso d'oro e contratti milionari. Adesso ogni mese corrisponde ad una categoria: nuoto a gennaio, pallavolo a febbraio, calcio a marzo e via di seguito. Gli atleti sono amatori o semiprofessionisti, i club sono organizzazioni senza fini lucrativi ed è lo Stato che organizza le competizioni; i guadagni vengono utilizzati per la costruzione di ospedali, scuole, strade, ricerche nel campo della tecnologia, della medicina o della scienza. Oggi lo sport è visto come intrattenimento e niente più.

- Sai, Gustavo - Helder guardò verso il capitano come se temesse che questi potesse capire il portoghese e intendere di cosa stessero parlando – la tua immagine e quella dello Stato Serrano in nord America è che vivete in una dittatura comunista, come nell'antica Unione Sovietica.

- Posso garantirti che in tutte le località dello Stato si sono tenute elezioni democratiche, senza che ci fosse la necessità di partiti politici, e in tutte c'è completa libertà di espressione e di culto. Sono stati fatti referendum in ogni regione per sapere se gli abitanti volevano aderire o meno alla nostra nazione. Attualmente, quasi quotidianamente, riceviamo richieste di adesione. Mi è totalmente indifferente quello che dicono di noi i nordamericani, a loro è sempre piaciuto distorcere la realtà.

Quando terminarono di pranzare, Gustavo e il capitano della nave fecero una riunione da soli. L'imperatore sapeva che gli americani non erano venuti solo per assistere alla riunione familiare; probabilmente, nel venire a sapere che Helder era suo fratello, l'avevano "rapito", perché li avvantaggiasse in un primo contatto e per questo Gustavo ascoltò attentamente le proposte del forestiero. In poco tempo stabilirono le basi per un primo scambio: Gustavo avrebbe consegnato, entro sei mesi, una nave con armamenti, mentre gli americani avrebbero pagato con materie prime e anche portando dall'America la nipote dell'imperatore.

La nave americana ripartì. Anche Helder voleva rientrare per poter stare vicino alla figlia, ma il fratello maggiore lo convinse a restare dicendogli di aver raggiunto accordo con il capitano perché, nel prossimo viaggio, che si sarebbe verificato a breve, portassero sua figlia. Helder non era molto convinto che questo accordo ci fosse davvero, però anche lui aveva molti motivi per non voler rientrare in nord America.

Gustavo, Helder e Rute decisero di approfittare del fatto di trovarsi in quella zona per fare una piccola vacanza e si diressero verso nord lungo la costa finché non arrivarono in Normandia. A metà settembre, Rute tornò all'università e Gustavo decise di iniziare "una presidenza aperta nei confronti dei popoli della Britannia", che consisteva letteralmente nell'andare di paese in paese per conoscere i problemi che affliggevano gli abitanti.

L'idea fu accolta con molto favore da parte della popolazione, che era accorsa in gran numero per vedere i due fratelli dal vivo. Gustavo era seguito da un gruppo di assessori e mezzi di comunicazione che riportavano le richieste della popolazione, che generalmente erano sempre le stesse: facilitare l'accesso ai beni di prima necessità, soprattutto al cibo; migliorare il sistema sanitario e educativo; creare più industrie; sviluppare i mezzi di trasporto.

Questa "presidenza aperta" cominciò nel sud dell'isola, a Lizard, e avanzò fino a Thurso, in Scozia, dove venne inaugurato un ferry che avrebbe collegato le isole Orcadi, che si trovavano ai confini dell'Impero. Furono quattro mesi di viaggi faticosi, molti chilometri, discorsi, inaugurazioni, promesse, molti hotel e pensioni.

Gustavo e Helder viaggiarono sempre insieme e, dopo tanto tempo uno di fianco all'altro, il rapporto di amore-odio che esiste fra fratelli si palesò varie volte. Gustavo notò che il fratello aveva un comportamento bipolare: passava dall'essere euforico alla malinconia e alla tristezza più profonde. Ricordò i tempi in cui, uscito dall'università, Helder si era chiuso in camera per mesi. Il fratello tornò rapidamente a mostrare la sua inclinazione verso l'ambientalismo fanatico con suggerimenti estremi quali la proibizione della caccia o l'ergastolo per crimini contro l'ambiente. Discutevano quasi quotidianamente.

- Helder, non puoi chiedere alle persone di avere una coscienza ambientale quando la loro principale preoccupazione è trovare del cibo per sopravvivere.

- Sì, possiamo educare le persone ad essere vegetariane, a non uccidere altri esseri viventi.

- L'essere umano è onnivoro per natura, essere vegetariano è un'opzione, non un obbligo. Sarebbe ipocrita da parte nostra incentivare la popolazione a non mangiare carne, quando in molti luoghi le persone lottano per la sopravvivenza. I cittadini pensano alle questioni ambientali solo quando le loro necessità basilari sono soddisfatte. Se tu avessi sofferto la fame, sapresti che mangeresti qualunque cosa per sopravvivere.

I due si trovavano sull'isola di Hoy, nell'arcipelago delle Orcadi; era una piccola isola disabitata e loro vi avevano inaugurato una piccola capanna dove i turisti potevano identificare gli innumerevoli uccelli che sorvolavano l'isola. Il vento freddo dell'inizio dell'inverno sbatteva sui loro visi mentre i due, binocolo alla mano, osservavano la danza di centinaia di gabbiani sul pinnacolo di Old Man of Hoy.

Helder cominciò a piangere, prima in maniera quasi impercettibile, ma poco a poco con sempre maggior energia. Gustavo si preoccupò, pensò che il fratello fosse troppo sensibile, e questo pensiero lo fece irritare.

- Dai, Helder, che succede adesso? Che bisogno c'è di tutte queste lacrime!

Helder si ricompose lentamente, osservava l'orizzonte senza in realtà guardare niente di concreto. Con voce calma cominciò a parlare:

- Credo di non averti mai raccontato come sono sopravvissuto all'attacco. Come sai, vivevo vicino alla Baia di Hudson, in Canada, in un piccolo paese, con le case disseminate senza nessun agglomerato residenziale. Per questa ragione, siamo stati risparmiati dall'attacco e siamo rimasti praticamente senza comunicazioni con l'esterno. Siccome è successo a primavera e tutti avevamo immagazzinato del cibo, non è stato difficile alimentarci. Poi è arrivata l'estate e fra pesca, caccia e l'aiuto dei pochi vicini che avevamo non ci sono stati problemi. Però, quando è arrivato l'inverno, tutto è cambiato. Io mi ero messo d'accordo con nostra madre che quell' inverno le avrei fatto una visita; volevo presentarle la mia fidanzata, erano due anni che stavamo insieme, e volevo anche partecipare alla piantagione delle querce da sughero, che facevamo tutti gli anni. – Helder fece una pausa accompagnata da un leggero sorriso. – La mia compagna era incinta del nostro primo figlio, Bruce, e io volevo fare a tutti voi una sorpresa; dopo l'attacco, però, tutto è cambiato. È stato un inverno gelido, con temperature costantemente sotto zero; io ho smesso di essere vegetariano, mangiavo qualunque cosa, ma la caccia era praticamente nulla, la pesca difficile e, oltre a questo, vivevamo nella paura di venire attaccati da altri essere umani. Con l'arrivo della primavera, molti dei nostri vicini partirono verso sud, dicevano che lì c'era la pace, anche se altri giuravano che invece ci fosse la guerra, ma l'intento generale di quelli che partivano era fuggire dall'inverno successivo.

Fece una pausa e accese una sigaretta con la mano che tremava, forse di freddo o per i nervi.

- Per noi questo sarebbe stato impossibile, la nascita era prevista per maggio ed abbiamo deciso di rimanere. Il bebè è nato in casa, senza nessun aiuto medico. È stato il giorno più bello della mia vita, ho subito amato quell'esserino più di me stesso. In quel momento andava tutto bene, avevamo carne e pesce, qualche cereale e verdure, Bruce prendeva il latte materno e cresceva a vista d'occhio, ma i problemi ricominciarono con l'arrivo del clima invernale. Forse fu l' inverno più duro degli ultimi anni. Nevicava copiosamente tutti i giorni, le nostre riserve di legna e cibo si stavano esaurendo. Io uscivo tutti i giorni alla ricerca di cibo, ma la neve arrivava fino alle ginocchia, non avevamo proiettili per cacciare, i fiumi erano gelati. Ho pensato che saremmo morti tutti... di fame o di freddo. Il latte nel petto di mia moglie si è esaurito, perché anche lei non si alimentava, il neonato piangeva e urlava continuamente per la fame. Ho pensato che sarei impazzito, non sapevo che fare, sentivo un'impotenza febbrile, il nostro unico alimento era costituito da acqua e muschio che consumavamo come zuppa. Il bebè è morto...

Helder riprese a piangere. Gustavo soffrì nel sentire questa storia e sentì un'enorme compassione per il fratello nel sapere come era avvenuta la morte della piccola creatura. Lo abbracciò e tentò di tranquillizzarlo.

- Ma la cosa peggiore di tutte, quella che mi ha fatto davvero pensare di essere impazzito, di non far parte degli esseri umani, ma degli animali selvaggi, è stato quando abbiamo deciso di sotterrare nostro figlio; un pensiero orribile, detestabile e disumano mi è passato per la mente: mangiare il mio proprio figlio, Bruce. – E Helder tornò a piangere come un bambino sperduto. – Io avevo tanta fame, tantissima...

Gustavo si sentì riempire di orrore; avrebbe voluto dire qualche frase di consolazione, di aiuto, ma era sconvolto.

- Io volevo morire, Gustavo, la vita a quei tempi e in quel luogo era tenebrosa; passavamo giorni senza uscire di casa, senza parlare, bevevamo solo acqua finché non è arrivata la primavera. Abbiamo dato fuoco alla casa e siamo partiti verso il sud. Nessuno di noi due aveva paura di ciò che avremmo potuto trovare; eravamo deboli, senza allegria, apatici, senza sentimenti. Abbiamo camminato per chilometri fra boschi e foreste, evitando le strade perché erano pericolose, finché non siamo arrivati alla località di Vasa, nel Minnesota. La popolazione era organizzata e siamo stati ben accolti. Era un'area che apparteneva ai Realisti, che erano, come ancora oggi, in guerra con i Progressisti. A Vasa si viveva in pace, e siamo tornati a poter sorridere; la nostra relazione però, dopo la morte di Bruce, era peggiorata. Ci accusavamo a vicenda per la sua morte e la separazione era solo una questione di tempo, ma senza che ce lo aspettassimo lei rimase di nuovo incinta. Un anno dopo la nascita di Brenda abbiamo ricevuto la notizia che tu eri il presidente di una nuova nazione europea e io le ho detto, senza pensare alle conseguenze, di essere tuo fratello. Poco dopo, lei se n'è andata di casa con Brenda per vivere con un altro uomo ed io sono diventato un mezzo prigioniero dell'esercito Realista.

Quando terminò di parlare, Helder mostrava stanchezza, tristezza, uno sguardo pieno di malinconia.

- Pertanto, Gustavo, io so meglio di chiunque altro cosa significhi soffrire la fame.

Gustavo non volle continuare la discussione, era ancora commosso dalla storia del fratello e cercò di cambiare argomento con qualcosa che gli sembrava divertente.

- Lascia che ti confessi che la tua fidanzata non mi è mai piaciuta.

- Perché?

- Tutte le volte che chiamavo era molto antipatica, rispondeva a monosillabi, sembrava che parlare con me fosse un enorme sacrificio.

- Lei ha giocato molto sporco con me negli ultimi anni: mi ha tradito con un altro uomo e per liberarsi di me mi ha denunciato all'esercito dicendo loro che ero tuo fratello.

Si avvicinava il Natale e Gustavo considerò terminata "la presidenza aperta nei confronti dei popoli della Britannia". I mezzi di comunicazione parlavano della fantastica accoglienza ricevuta dall'imperatore da parte dei nativi e dell'incremento di affari che si produceva dopo il suo passaggio. Anche le notizie che arrivavano dal resto dell'Impero erano positive: nuove località del Nord Africa e dell'Europa centrale avevano chiesto di poter aderire alla nazione Serrana. La rete dei trasporti fra i diversi punti della regione era stata potenziata. Il turismo e il divertimento, parole che fino a poco tempo prima non esistevano nel dizionario degli abitanti, erano tornati a far parte della quotidianità. Secondo i mezzi di comunicazione statali "i diversi popoli dell'Impero Serrano godevano di un alto livello di soddisfazione e felicità. "

Per la prima volta dall'attacco, la famiglia di Gustavo avrebbe passato il Natale lontano dalla capitale dell'Impero. Il luogo prescelto fu Biriatu, essendo questo un luogo centrale per tutta l'azione che si sarebbe svolta. C'erano varie ragioni per questa scelta. La prima era che, per metà gennaio, Gustavo aveva programmato una riunione con il presidente della regione Sacra sulle Alpi, in territorio Vandalo. Un'altra ragione era che, secondo gli accordi, gli americani sarebbero arrivati per la seconda volta a La Rochelle in quella data. Fu facile convincere Rute e i suoi figli a fare quel viaggio. Tutti lo considerarono una vacanza di famiglia e un'opportunità per trascorrere il periodo natalizio in modo diverso.

Pochi giorni prima di Natale arrivò la nave americana; ad attenderla c'erano molti container pieni di materiale bellico, fabbricato nelle prigioni Serrane. Da parte loro, gli americani avevano portato, come forma di pagamento, beni agricoli che scarseggiavano nell'Impero Serrano come cotone, mais, zucchero, grano, ecc., vari litri di petrolio e, ovviamente, Brenda, la nipote dell'imperatore.

Il rincontro fra padre e figlia fu intenso, filmato e trasmesso in tutti gli angoli dell'Impero. Si stabilì che la volta successiva sarebbe stati i Serrani ad attraversare l'Atlantico con un nuovo carico militare per aiutare i Realisti nella loro lotta.

- Gustavo, io pensavo che con Brenda sarebbe venuta anche sua madre.

- E perché?

- Non dirmi che hanno rapito la ragazza, che l'hanno strappata dalle braccia della madre?

- Helder, questa donna ti ha denunciato e ti ha messo le corna e tu ti preoccupi per lei? Smettila di essere una mammoletta.

Helder si morse il labbro e strinse le mani con forza per non dire ciò che pensava davvero però, quando guardò nuovamente la figlia e la vide allegra per essere al centro delle attenzioni, decise di godersi il momento; ci sarebbe stato tempo per discutere dell'argomento con il fratello maggiore.

Passarono il Natale tutti insieme, in una residenza lontana da Biriatu, con molta polizia per garantire la sicurezza. Ci restarono poco più di una settimana, in piena armonia familiare fra pasti, passeggiate all'aria aperta, visite guidate e trascorrendo le nottate impegnati in giochi da tavolo.

Nuova Generazione

Matthias stava salendo la scarpata fino al luogo in cui aveva visto la luce dell'SOS. Usava la sua lanterna in modo intermittente, cercando di abituarsi all'oscurità, ma non conosceva il posto ed aveva paura di cadere in qualche burrone. Sebbene la luna fosse quasi piena, il cielo era sempre più nuvoloso, il che rendeva la sua ricerca difficoltosa.

Arrivò al punto in cui pensava di aver visto le luci, fece altri cento metri a sinistra e poi a destra, non vide nessuna orma né segnali di esseri umani. Dubitò di trovarsi nel luogo giusto. Spense la lanterna e rimase nella totale oscurità, seduto su un piccolo tronco d'albero, in silenzio. Passarono cinque minuti e decise che fosse meglio tornare indietro, compilare una relazione sull'accaduto e magari, il giorno seguente, alla luce del giorno, tornare sul posto. Fu in quel momento che sentì un rumore curioso; all'iniziò pensò che si trattasse di un uccello tipico di quei monti, il pettirosso, ma trovò la cosa strana perché non si tratta di un uccello notturno. Strinse le braccia intorno al corpo per sentire meno freddo e per non fare nessun rumore. E in quel momento sentì, chiara come il sole, una voce umana che tossiva.

Il rumore era vicino; tese i cinque sensi alla ricerca di una qualche pista ma niente, solo oscurità. La luna riuscì a crearsi un varco fra le nuvole e, per qualche secondo, illuminò leggermente la notte; in quel momento Matthias vide un'ombra umana. Pensò di essersi ingannato, gli sembrava di vedere la sagoma di un uomo seduto sul ramo di un albero, ma doveva trattarsi di qualcos'altro. Aspettò. Passarono dei minuti. L'ombra si mosse e tossì di nuovo. Adesso non aveva dubbi: si trattava di un uomo, un vigilante.

Sentì il cuore scoppiare, mise la mano sul revolver e poi sulla radio e decise di spegnerla in modo che non emettesse alcun rumore. Cosa stava sorvegliando quell'individuo? Sembrava mezzo addormentato. Matthias rimase fermo ancora per un po' di tempo in attesa di qualche tipo di movimento, ma intorno a lui era tutto fermo e nel più profondo silenzio. Con gli occhi ormai totalmente immersi in quella profonda oscurità, cominciò a notare che alcuni rami, arbusti e rocce avevano una strana forma; il vento sottile che soffiava li faceva ondeggiare in un modo diverso. In quel momento sentì un caldo soffocante, come se un fulmine gli fosse caduto sulla testa. Era nel bel mezzo di un accampamento camuffato. Adesso capiva tutto. Il suo cuore galoppava, la sua respirazione era più affannosa, aveva gli occhi strabuzzati. Di chi si sarà trattato? Pescatori o cacciatori clandestini? Vandali? Aurka?

Aspettò che gli si abbassassero le pulsazioni e, muovendosi lentamente fra la vegetazione, uscì dall'accampamento, con la pistola in mano. Quando si trovò fuori dalla portata del vigilante, cominciò a scendere correndo in direzione della barca. Inciampò un paio di volte, quasi cadde a faccia in giù; si trovava in uno stato febbrile e tutto ciò che voleva era tornare al luogo dove aveva attraccato la sua lancia. Finalmente vide da lontano la luce artificiale dell'imbarcazione, si avvicinò e vide che Joxemari lo stava aspettando, preoccupato.

- Allora, dove sei sparito?

Matthias si appoggiò alla prua della barca per riprendere fiato, bevve un po' d'acqua e con voce agitata disse:

- Joxemari, ho trovato, là in cima, un accampamento.

- Accampamento? Di chi?

- Non lo so, ma qualcosa di pericoloso; era dentro la foresta, si vedeva a malapena e c'è come minimo una sentinella a vigilare.

- Dobbiamo informare il comando.

- No, non usare la radio, credo che ne abbiano una anche loro e ci sentirebbero. No, devi andare tu a chiamare rinforzi, io rimango qui ad aspettarvi.

- Qui da solo? Sarai al sicuro?

- Sì, lasciami un fucile con un caricatore.

Joxemari accese con cautela il motore della lancia, spense le luci e, al buio, si diresse in alto mare, sparendo in mezzo all'oscurità. Matthias restò da solo, nel buio più assoluto. Accese la lanterna e riprese la salita. Si fermò a metà strada, vicino ad una scarpata e spense la lanterna; da quel punto poteva vedere tanto il Mar Cantabrico quanto l'ipotetico accampamento. Rimase in quel luogo, quasi senza muoversi, per poco più di mezz'ora, accompagnato solo dal vento freddo e dal suono costante delle onde contro le rocce; pensò che qualcosa fosse andato male, finché non vide all'orizzonte dei piccoli punti scuri in avvicinamento. Cominciò a scendere e aspettò che le imbarcazioni attraccassero nel luogo stabilito. Erano cinque o sei, piene di uomini, trenta o quaranta poliziotti, accompagnati dal comandante della questura.

Alcuni poliziotti pianificarono il modo in cui attaccare l'accampamento. Salirono, ancora in piena notte, il sentiero che Matthias aveva già percorso. Si nascosero fra la vegetazione, ad una distanza considerevole dall'accampamento. Aspettavano i primi raggi del sole per agire. E, quando il sole si alzò, fecero irruzione con furia.

Matthias aveva già avvisato i colleghi sul tipo di nascondigli esistenti. Questi, mentre aspettavano i primi segnali di chiarore, avevano osservato, grazie ai binocoli per la visione notturna, i possibili rifugi dei ribelli. Il comandante, che all'inizio pensava che potessero essere solo dei pescatori illegali ed era arrivato un po' riluttante ed assonnato, adesso era in tensione assoluta, chiedendo concentrazione massima ai propri soldati, perché aveva capito di trovarsi davanti a qualcosa di grande.

L'attacco fu rapidissimo, quasi quaranta poliziotti con armi alla mano occuparono quel piccolo spazio alla ricerca delle tende camuffate; rapidamente si creò una grande confusione, un subbuglio in cui fra il fumo si sentivano spari, raffiche di mitragliatrice, e grida.

Sebbene l'operazione si stesse svolgendo in maniera fulminea, Matthias rimase quasi immobile, senza sapere cosa fare, tutto gli sembrava svolgersi al rallentatore. Un ragazzo con gli occhiali, Beñat, correva per cercare di sfuggire alla rete tesa dalla polizia. Matthias se ne accorse e, come un autentico leone a caccia della sua preda, lo colpì con un rapido colpo al collo; Beñat cadde inerme al suolo e Matthias lo ammanettò immediatamente. Mentre faceva questo, osservò che un individuo stava uscendo di soppiatto da una falsa roccia; portava delle scarpe da tennis e aveva due pistole alla cintura; cominciò a correre, rapido, così veloce che era già sfuggito alla rete della polizia. Matthias si mise al suo inseguimento.

Il fuggitivo indossava una maglietta rossa, facile da identificare. Matthias cercava di seguire il suo ritmo, ma si rese rapidamente conto che il suo avversario conosceva bene il monte, e quindi si muoveva con agilità fra il bosco di faggi. Gli alberi erano spogli, senza un'unica foglia sui rami, dando al bosco un aspetto sinistro, macabro.

Durante l'inseguimento, i due uomini pestavano con forza il suolo, che era pieno di foglie e rami, producendo un forte scricchiolio. Il terreno era ondulato, con una leggera inclinazione verso nord. Per un attimo, forse una frazione di secondo, Matthias, mentre correva dietro all'uomo in rosso, guardò alla sua destra e contemplò il blu intenso del Mar Cantabrico che, con il sorgere del sole, esibiva dei riflessi dorati pieni di grazia. Ma la sua mente era lontana dal poter godere del paesaggio; poco a poco, la distanza fra i due aumentava. Matthias aveva passato la notte senza dormire, era più stanco, portava più pesi e, probabilmente, era meno agile del fuggitivo.

Per evitare che la distanza si ampliasse ancora di più, Matthias si fermò, appoggiò il fucile alla spalla destra e con la mano sul grilletto sparò una raffica, con l'intenzione di obbligare l'altro a fermarsi. Questi, sentendo gli spari, si buttò a terra e, con un movimento rapido, rotolò fino ad un albero e da lì rispose al fuoco con un revolver, sparando diversi colpi. Il poliziotto, che si aspettava questa risposta, si era già nascosto dietro ad un faggio con il tronco sottile, e sentì il sibilo dei proiettili che gli passavano sulla testa.

Rispose all'attacco con un'altra raffica del suo fucile, correndo verso un altro albero nel tentativo di diminuire la distanza fra i due. Sentì la replica del suo nemico, con lo stesso sibilo di proiettili, ma questa volta avvertì chiaramente il "clack" della pistola che restava senza munizioni. Ricordò di aver visto l'uomo mettere due armi alla cintura.

Ad un certo punto, Matthias pensò di desistere dall'inseguimento; stava rischiando la vita per un prigioniero. Però lo scambio di spari continuava e Matthias sapeva che il suo avversario stava per finire i proiettili, mentre lui aveva ancora un caricatore in tasca. Si sporse da dietro un albero e riuscì a vedere il suo nemico, si trovava a meno di cinquanta metri, vide la sua maglietta rossa dietro ad un faggio. Matthias uscì allo scoperto e sparò in direzione della suddetta maglietta, sparò finché il suo caricatore non lo informò di aver finito le munizioni e fu in quel momento che si rese conto di essere caduto in una trappola. La maglietta era appesa all'albero e svolazzò leggermente dopo essere stata colpita dai proiettili di Matthias. Questi si sentì subito perso, stordito, come una lepre in mezzo ai cacciatori. Sulla destra della maglietta, a circa dieci metri, vide brillare degli occhi scuri fra la vegetazione vicino al suolo, come quelli di un lupo in attesa della sua preda. Pensò ancora che magari il suo avversario non avesse più munizioni, ma ebbe rapidamente la conferma che non era così, lo sentì esplodere vari colpi, seguiti dal "clack", e fu allora che cadde a terra, ferito.

Era stato colpito da un proiettile, ma non sapeva in che parte del corpo, finché non sentì un formicolio al braccio destro; il dolore aumentava, però il suo stato febbrile era tale da impedire che questo lo turbasse. Cercò il suo secondo caricatore; aveva sentito chiaramente il secondo "clack", e questo indicava che il suo nemico aveva davvero finito le munizioni. Ma, cercando di mettere il caricatore nel fucile, vide davanti a sé il fuggitivo che, con un calcio preciso, colpì il suo caricatore, facendolo volare lontano, e poi con un grosso ramo diede un colpo al viso di Matthias; questi rotolò a terra e si alzò rapidamente, trovandosi faccia a faccia con il nemico.

In quel momento Matthias lo riconobbe. Quante volte aveva visto quel viso: in televisione, fra le fotografie in questura, in caserma. Era lui, era Tito, il corso. Si trovava davanti ad uno degli uomini più odiati e temuti dallo Stato Serrano. Era decisamente più basso del poliziotto, era a torso nudo ed aveva il corpo muscoloso, quasi senza grasso. La pelle era ricoperta da vari tatuaggi, il più famoso il simbolo della bandiera della Corsica: un viso nero con un fazzoletto bianco intorno alla testa. I due si guardarono, tesi, come nei duelli del vecchio West, ma nessuno dei due aveva proiettili. Matthias prese lentamente il suo sfollagente, tipico delle forze di polizia, ed avanzò leggermente in direzione di Tito.

- Perché non risolviamo le cose nel modo antico, senza sotterfugi? - disse il corso, lanciando lontano il suo grosso ramo e sfidando il poliziotto a fare lo stesso.

Matthias assentì e lanciò lo sfollagente ad una certa distanza, poi si tolse la giacca per potersi muovere meglio e con questo gesto contorse il viso per il dolore proveniente dal braccio destro. Tito sorrise e, senza togliergli gli occhi di dosso, prese dalla parte posteriore della cintura un enorme coltello, lungo quattro o cinque dita.

- Bastardo bugiardo – disse il poliziotto fra i denti.

- E tu, cretino.

Tito sorrise con uno sguardo cinico, passando il coltello da una mano all'altra e avvicinandosi a Matthias. Questi fece un passo all'indietro, senza perdere di vista l'arma bianca. Tito lo minacciò con il coltello nella mano destra, ma poi diede un calcio che colpì in pieno il braccio destro del poliziotto. Questi si contorse per il dolore; la ferita provocata dal proiettile si faceva sentire e lui cominciava ad avere difficoltà a muovere il braccio. Il corso avanzò con sicurezza, facendo varie simulazioni di attacco, mentre Matthias indietreggiava.

Con un movimento rapido, Tito cercò di pugnalare Matthias al petto, ma il poliziotto, accompagnando la danza del coltello, anticipò il colpo, si abbassò e schivò l'arma, poi appoggiò le braccia a terra e stese le gambe che andarono a colpire il ventre del corso. Questi venne lanciato al suolo facendo cadere il coltello, che si confuse fra le foglie. I ruoli erano invertiti, adesso era Matthias ad avanzare con sicurezza in direzione del corso che retrocedeva, inciampando.

Seguì un feroce scambio di colpi; Tito cercava sempre di centrare il braccio destro del nemico mentre Matthias, che possedeva chiaramente una maggiore massa muscolare, infliggeva colpi più severi. Il corso, ancora una volta, cercò di colpire il punto debole del poliziotto con un calcio ma questi, prevedendo il movimento, riuscì ad afferrare la gamba di Tito e, con uno sforzo sovrumano, la strinse con il braccio ferito, mentre con il braccio sinistro gli diede un colpo violento sul ginocchio.

Tito cadde a terra, lamentandosi per il dolore, gridando; cercò di sollevarsi, senza riuscirvi. Cercava di sfuggire a Matthias come poteva, ma ricevette un altro calcio allo stomaco e rotolò a terra, per poi trascinarsi più lontano. Sentì un po' di terra secca in mano, sembrava quasi la sabbia di una spiaggia, la frammentò al massimo possibile e, quando si trovò vicino a Matthias, gliela tirò negli occhi. Questi si ritrasse, maledicendo il corso; cercava di aprire gli occhi, ma questi non obbedivano agli ordini; vedeva solo delle ombre. Sfregò gli occhi freneticamente.

Da parte sua, Tito cercava di allontanarsi zoppicando; era evidente che non poteva fuggire e per questo motivo cercava il suo coltello o il fucile del poliziotto e il suo caricatore; guardava dappertutto, era disperato. Finché i suoi occhi non si incrociarono con quelli di Matthias; questi ultimi erano arrossati e gonfi, ma vedevano con chiarezza e in quel momento Tito seppe di essere perduto. Con lo stesso impeto con cui il toro irrompe impreparato in piena arena e viene infilzato da una lancia, così Matthias corse in direzione di Tito, colpendolo al collo. Quest'ultimo cadde a terra svenuto.

Matthias recuperò il fiato, guardò il corpo inanimato del corso, pensò di averlo ucciso e gli mise le dita sul collo alla ricerca delle pulsazioni. Sì, era vivo. Tolse le manette dalla tasca e gli legò le mani dietro la schiena. Sollevò il corpo di Tito e se lo mise sulla spalla sinistra, come fosse un sacco di patate o una balla di paglia. Cominciò a camminare verso l'accampamento, ma inciampò, cadde e il corpo del suo prigioniero finì nuovamente a terra; Matthias era esausto e ferito, non poteva tornare indietro da solo. Sarà stato ancora molto lontano? Gridò chiamando i colleghi. Niente. Saranno stati ancora a grande distanza?

Decise di aspettare, e nel frattempo appoggiò Tito ad un albero e andò a cercare il suo fucile, il caricatore, la giacca e lo sfollagente, oltre al coltello e al revolver del corso. Quando tornò vicino al prigioniero, questi si mosse un po', sembrava che si stesse svegliando. Matthias gli gettò un po' di acqua in faccia e questi aprì gli occhi, riprendendosi. Si appoggiò al tronco dell'albero, si guardò intorno e capì dove si trovava e ciò che era successo.

- Sparami – supplicò Tito.

- *Ferme ta bouche* [3] – rispose il poliziotto in francese.

Tito fece un'espressione di dispiacere, sospirando profondamente e disse nella stessa lingua:

- Doveva catturarmi un francese, la cosa non poteva essere più ironica. Noi corsi non ci libereremo mai di voi.

- Io non sono francese, sono Serrano, della regione della Gallia.

- Tu sei un imbecille, un servo, un *sipahi*.

Matthias non rispose, finse di non essere interessato alla conversazione guardando se qualcuno stesse arrivando alla loro ricerca.

- Sai cos'è un *sipahi*? No? Te lo dico io. È una parola che si è persa, che forse si potrà tradurre in altre lingue, significa traditore, mercenario. Quando gli spagnoli, gli inglesi, i portoghesi e i francesi andavano in giro a colonizzare il mondo, c'erano sempre dei nativi colonizzati che passavano rapidamente nella banda occupante - erano conosciuti anche come voltagabbana - che servivano i coloni ed erano i loro capetti, i loro poliziotti, tradendo e denunciando la propria gente. Per questo motivo, mio caro amico, tu sei un *sipahi*, una marionetta nelle mani dei nuovi coloni.

Si fece silenzio fra i due finché Matthias non guardò Tito con aria benevola e gli rispose:

- Ti racconterò un po' della mia storia, perché tu possa forse capire un po' dell'amore che provo per lo Stato Serrano. Sono nato e sono stato cresciuto in una fattoria, con i miei genitori e le mie sorelle. Abbiamo sofferto la fame, il freddo e soprattutto il terrore. Vivevamo costantemente con la paura che apparissero dei banditi e che ci uccidessero e che saremmo diventati loro schiavi; e questi uomini sono venuti, più di una volta, armati, e noi siamo potuti sopravvivere solo perché eravamo nascosti in un bunker. Io sono stato cresciuto così, questa era la mia realtà, non ne avevo altre; ma mia madre, poveretta, abituata al confort di altri tempi, non è riuscita a sopportare la paura e si è suicidata con una bottiglia di pillole.

Matthias fece una pausa, aveva un'espressione triste e seria sul viso. Continuò:

- La mia infanzia è stata breve, ho dovuto rapidamente aiutare la mia famiglia a sopravvivere. Adolescenza? Non l'ho avuta, non c'era tempo per questo. Praticamente non ho conosciuto altri esseri umani, non ci fidavamo di nessuno e di tutti avevamo paura. Io pensavo che le cose che mi diceva mio padre fossero favole, storie che ci raccontava per rallegrarci lo spirito. Ovviamente non ho ricevuto attenzioni mediche e quando a tredici anni ho sentito un dolore terribile ad un dente, mio padre mi ha stordito con la grappa e me l'ha tolto con una pinza. Vivevamo come animali, sporchi, vestiti di stracci e sempre pieni di terrore. Finché, un giorno, tutto è cambiato. Questo giorno è stato quando lo Stato Serrano è entrato nella nostra regione. Per la prima volta nella mia vita non ho avuto più paura, non pensavo nemmeno che fosse possibile vivere senza sentirla. È stata la nazione Serrana a portare la luce nel mondo della mia famiglia e a riempire tutto di colore e di speranza. Per la prima volta non abbiamo più dovuto dormire in un bunker minuscolo, non abbiamo più dovuto camminare per i campi con la necessità di tenere un'arma in mano. Vivere senza paura è la cosa più bella del mondo, Tito.

- Lo Stato Serrano ha approfittato della vostra paura per creare questo tuo fanatismo nazionalista; adesso non hai più timori, ma continui ad essere cieco come una talpa; lo Stato manipola, uccide e distrugge chi la pensa in modo diverso.

- Scusa, ma lo Stato non uccide madri e neonati come hai fatto tu. Quella famiglia che hai stroncato era sopravvissuta, così come la mia, ad anni di fame e paura e, quando hanno visto un poco di luce nel tunnel scuro, hanno deciso di avere un figlio, un neonato, che tu hai assassinato.

- Questa è pura propaganda dello Stato, loro inventano queste storie perché il popolo si opponga alla resistenza.

Improvvisamente si sentì del rumore, delle voci. All'orizzonte si vedevamo delle sagome, erano poliziotti. Matthias gridò: "Qui, qui."

- Per favore uccidimi, sparami, ti supplico; lo Stato mi torturerà fino alla morte.

Matthias però aveva già smesso di ascoltarlo, stava andando verso i colleghi che, dopo averlo visto, si stavano avvicinando.

- Stai bene, Matthias? Sei ferito?

Ma quando videro che Tito, il corso, era stato catturato ed era di fianco a lui, le loro espressioni cambiarono: gridavano di allegria, chiamavano gli altri elementi della polizia a vedere il prigioniero, gli sputavano in faccia, gli tiravano la treccia.

- Non fate così – ordinò Matthias. – Sebbene lui sia un porco assassino, merita rispetto come prigioniero, non possiamo abbassarci al suo livello.

Le sue parole fecero effetto e i poliziotti smisero di umiliare Tito, che rimaneva a testa bassa. Però si fecero delle foto con lui, come se fossero dei cacciatori che avevano catturato un esemplare di caccia esotico. Quando arrivò il comandante tutti si misero sull'attenti; questi fece chiamare un'ambulanza e fece i complimenti, con un enorme sorriso, a Matthias.

II

Gustavo rimase a Biriatu, dove passava gran parte della giornata al telefono con i diversi ministri del suo governo, voleva sapere sempre tutto ed avere l'ultima parola. Sembrava una mattinata normale: Gustavo al telefono, Helder e Brenda a giocare in giardino e Diogo, il figlio di Gustavo, che era rimasto una settimana in più a Biriatu a studiare per alcuni esami, nella sua stanza circondato da libri e carte.

La segretaria dell'imperatore venne ad interrompere questa normalità. Entrò velocemente nell'ufficio del capo, con una nota in mano e un'aria concentrata che Gustavo non riuscì a interpretare se stesse a significare una buona notizia o una cattiva.

- C'è una cosa urgente di cui si deve occupare, signore.

Gustavo rimase al telefono, fece un cenno con la testa per chiedere cosa fosse. Lei gli consegnò un foglio:

"Scoperto e smantellato accampamento Aurka; leader catturato e trattenuto dalle forze di polizia sul Monte Jaizkibel. "

L'imperatore fece un salto sulla sedia, congedò rapidamente il suo interlocutore e chiese alla segretaria che telefonasse al comandante della polizia di Biriatu. Dopo che questi ebbe confermato la veridicità della nota, Gustavo diede ordine che tutti restassero sul luogo, lui stesso voleva vedere l'operazione in loco.

Uscì di casa rapidamente e fece preparare le guardie del corpo per un piccolo viaggio fino al Monte Jaizkibel.

- Cosa succede, Gustavo? – gli chiese il fratello.

- È caduto il gruppo terrorista Aurka, e per di più erano qui di fianco, ben vicini a noi. Vado là ad avere la conferma.

- Posso venire con te?

- Certo, dì a Diogo di tener d'occhio tua figlia.

Tre macchine blindate partirono in direzione del luogo; Gustavo e il fratello si trovavano sul veicolo al centro. Helder, avendo visto l'entusiasmo del fratello, approfittò dell'occasione per chiedergli l'autorizzazione a fare una cosa che aveva in mente:

- Gustavo, per te è un problema se vado al quartiere proibito?

Gustavo fece un leggero sorriso.

- Problema? Perché? Tu sei libero di fare ciò che ti aggrada.

- Sì, ma visto che tu sei l'imperatore, vedermi girare in quel quartiere potrebbe danneggiare la tua immagine.

Gustavo sorrideva, era di buon umore, mise una mano sulla spalla del fratello.

- Non esistono più i paparazzi, le riviste rosa non violano l'intimità delle persone. Vuoi andare da una prostituta? Perché no? Sei libero, non stai obbligando nessuno ad avere un rapporto con te.

- Sì, in realtà ne avrei voglia, è molto tempo che non ho rapporti sessuali, ma pagare mi sembra brutto, è contro i miei principi, per me è come perdere l'onore. Tu hai mai frequentato il quartiere?

- In verità no. Sai, quando stavo con Marta, pensavo quasi quotidianamente di tradirla, e solo una volta l'ho fatto con un'altra donna, una collega di lavoro, ma non è successo altre volte solo perché non ne ho avuto l'opportunità – fece una risata – le donne non mi consideravano. Quando ho conosciuto Rute, tutto è cambiato. Non sono cieco, continuo a guardare e ad apprezzare le belle donne, ma il rispetto e l'ammirazione che sento per lei fanno sì che non cerchi nessun altro.

I fratelli conversavano allegramente mentre i veicoli salivano la ripida inclinazione verso la cima del monte. La strada, una volta asfaltata, era stata riconquistata dalla flora locale. A quei tempi, la commissione di Biriatu aveva ricostruito un cammino, ma di terra battuta; il monte veniva usato dai pastori e, nei fine settimana, dagli abitanti a cui piaceva fare dei barbecue nel bosco. La comitiva si fermò momentaneamente davanti all'imponente chiesa di Guadalupe, nella parte alta del monte; i due fratelli ne approfittarono per ammirare, in silenzio, il paesaggio che si poteva osservare da lì: uno scenario montuoso, verde, quasi senza traccia umana, e un cielo grigio che si avvicinava. Restarono quasi ipnotizzati, ognuno con i suoi pensieri, suscitati dalla bellezza della vista. Gustavo cercò di immaginare la vecchia città di frontiera di Irun, stesa lungo la valle che adesso era occupata da orti, e pensò a quanti anni ci sarebbero voluti prima che esistessero città con più di 50 mila abitanti; probabilmente varie generazioni. Da parte sua Helder, sempre più sognatore e sensibile, osservava nel cielo i rapaci che volavano in circolo e arrivò alla conclusione che l'attacco extraterrestre aveva salvato la flora e la fauna del pianeta, che era stato un male necessario.

Il percorso fino all'accampamento smantellato fu ancora lungo e scomodo. Una volta arrivati, Gustavo uscì dal veicolo e disse al fratello:

- Tu aspetta qui. Voglio parlare da solo con il leader del gruppo.

Uscì dall'auto e si trovò davanti un battaglione di poliziotti sull'attenti, tutti con un'espressione allegra, sorridenti ed emozionati per l'occasione di conoscere personalmente l'imperatore. Gustavo li salutò uno ad uno, lanciando uno sguardo al prigioniero. Si avvicinò sempre più a lui finché non arrivò all'ultimo uomo e il comandante della polizia gli disse:

- Imperatore, questo è l'uomo che ha trovato questo posto ed ha poi inseguito e catturato Tito.

- Complimenti, mio giovane soldato. Come ti chiami?

- Mi chiamo Matthias Leduc, signor imperatore.

- E da dove vieni, Matthias?

- Dalla regione più bella dell'Impero, signore, dalla Gallia, più precisamente dalla zona vinicola di Bordeaux.

- Bravo, soldato, e non hai avuto paura ad inseguire questo assassino?

- No, signor imperatore, la paura è uscita dalla mia casa e dal mio cuore quando la nazione Serrana è arrivata nella regione.

- Brillante, Matthias, è di giovani come te che il nostro popolo ha bisogno. Comandante, questo giovane sarà decorato per le sue azioni, racconterà in televisione e alla radio l'enorme atto di coraggio dimostrato e voglio che, inizialmente in forma di stage, faccia parte del mio gruppo di sicurezza personale.

Il cuore di Matthias batteva a tutta velocità; solo allora si rese conto di aver realizzato un'azione che sarebbe entrata nella storia: aveva catturato il nemico numero uno della nazione. Avrebbe parlato in televisione! Alla radio! Sarebbe diventato famoso! Oh, come gli sorrideva la sorte!

Da parte sua, Gustavo vedeva in questo giovane alto, bello, imponente, un magnifico esemplare per la propaganda statale.

- Adesso lasciatemi da solo con il prigioniero.

Gustavo si avvicinò al luogo dove c'era Tito, mentre i poliziotti si riunivano in gruppi e parlavano a voce alta, fumando e bevendo.

Il corso, seduto per terra con la schiena appoggiata ad un faggio, guardava l'imperatore con disprezzo. Gustavo si sedette su un piccolo tronco, a soli cinque metri di distanza guardando il prigioniero senza mostrare nessun tipo di reazione.

- Pare che siamo arrivati alla fine del viaggio, signor Tito; devo ringraziarla per l'enorme servizio prestato allo Stato, per avere creato un gruppo terrorista che ha motivato l'unità e il consenso della nostra piccola nazione per uno scopo comune: lottare contro di voi.

Tito guardava Gustavo con uno sguardo pieno di rabbia. L'imperatore continuò:

- Continuo a non capire il vero motivo per cui lottavate...

- Lottavamo e lotteremo, non pensi di aver vinto la guerra solo perché ha vinto una battaglia; altri si solleveranno per combattere per la libertà che voi ci avete usurpato.

- Libertà? Ma di che libertà parla? Noi, sì, che abbiamo portato la libertà; guardi i quartieri proibiti costruiti in tutte le città – disse Gustavo con atteggiamento impudente. - Prima, nell'era antica, la prostituzione e il consumo di droga erano proibiti, ma tutti sapevano dove procurarsi quei prodotti, lo Stato era ipocrita e sprecava milioni combattendo il traffico di droga, di donne e di bambini, ma era tutto uno show.

- Voi usate le droghe per tappare la bocca alle persone, spegnere il loro impeto progressista e rivoluzionario. Avete ucciso la libertà di espressione, di opinione, di associazione e di manifestazione. Quanti giornalisti sono stati arrestati o sono spariti? Quanta propaganda dobbiamo subire da parte degli unici mezzi di comunicazione permessi?

- Mi pare una follia che tutta la vostra lotta sia per i mezzi di comunicazione. Al giorno d'oggi nelle università gli studenti di giornalismo imparano dagli errori grossolani dell'era antica. A quei tempi, la cosa più importante era essere i primi a dare la notizia, non interessava se questa fosse vera o falsa, se si trattasse o meno di una diffamazione, o quali sarebbero state le sue conseguenze. La cosa importante era arrivare per primi. Ovviamente loro erano terribilmente parziali, non esisteva alcuna etica giornalistica. La notizia veniva data a seconda dell'interesse del mezzo di comunicazione, e in mancanza di qualche interesse di nota, tale mezzo appoggiava sempre il politicamente corretto, la posizione pubblica stabilita, senza dare nessuna chance al ricevente della notizia perché si formasse una propria opinione.

Gustavo si sentiva a suo agio a parlare di questo tema, aveva già usato innumerevoli volte un'argomentazione identica in discorsi alle università o in occasione di convegni.

- Se permettessimo la creazione di mezzi di comunicazione diversificati, torneremmo all'era antica, dove tutto era concesso per ottenere più audience o vendere un maggior numero di giornali. Creare polemiche, diffamare il prossimo, alterare o addirittura inventare notizie e, soprattutto, perdere quello che oggi esiste nel giornalismo, che è l'imparzialità. E, signor Tito, non è mai sparito nessun giornalista; tutti quelli a cui si riferisce sono stati giudicati e condannati ai lavori forzati nella prigione centrale.

- Sì, tutti quelli che andavano contro la politica dello Stato, tutti quelli che la pensavano in modo differente, tutti quelli che lottavano contro la censura.

- Censura? Oh mio caro, la censura non esiste, ciò che esiste è la responsabilità giornalistica di non diffamare. Chi calunnia deve dimostrare i fatti con prove fisiche, in caso contrario va in galera.

- Non pensi che siamo tutti cretini, signor Gustavo, i film scelti dalla televisione di oggi sono quelli che denigrano l'immagine dell'era antica. Quanti libri antichi sono spariti dalle attuali biblioteche? La censura esiste eccome, ed è tremenda.

- Signor Tito, ci sono stati film e libri dell'era antica che sono spariti perché si è verificato un attacco extraterrestre che ha annientato l'85% della popolazione e della sua cultura. O anche questo è colpa del nostro Stato?

- Non sia cinico, signor Gustavo, tutti i film ed i libri in cui si promuoveva la democrazia partitica sono spariti. Viviamo in una democrazia apparente e falsa, in cui le persone non possono formare partiti o associazioni politiche e, anche quando si verificano riunioni in questo senso, i suddetti mezzi di comunicazione dove lei dice non esistere censura non le filmano, la cosa non fa mai notizia.

- Caro concittadino, la democrazia partitica era una mafia, una manica di approfittatori che proteggevano i propri interessi; adesso qualunque cittadino si può candidare alla sua rispettiva commissione; veda, ad esempio, suo fratello.

– Gustavo vide lo sguardo di Tito che si induriva. – Sì, suo fratello, o pensava che siamo così idioti da non sapere che ha famiglia in Corsica: padre, fratello e nipoti e, come vede, loro vivono tranquilli, senza problemi, pur sapendo che uno degli elementi della famiglia è un terrorista, ma loro non ne hanno colpa... così è lo Stato Serrano, sempre benevolo. E comunque, tornando a suo fratello, lui ha concorso per la presidenza della commissione della vostra terra natale e ha potuto esprimere liberamente la propria volontà, senza alcuna censura, di volere una Corsica libera, indipendente dallo Stato Serrano. Ha ottenuto il magnifico risultato del 6% dei voti.

- Lei sa bene quanto me che queste elezioni sono state fraudolente, così come tutte quelle che si svolgono in questa nazione di menzogne.

Gustavo assunse una postura più rigida puntando il dito contro Tito.

- No, non sono state fraudolente; semplicemente, al giorno d'oggi, le persone sanno che l'ipocrisia è finita. Se suo fratello avesse vinto le elezioni, lo Stato Serrano avrebbe lasciato l'isola e sarebbe stato tassativamente proibito qualunque tipo di scambio con la stessa. Perché ciò che voleva suo fratello era semplice: il potere. Se l'isola fosse stata indipendente, suo fratello avrebbe creato una specie di paradiso fiscale alla maniera antica, con banche che avrebbero nascosto e riciclato fortune. Avrebbero offerto alle imprese il pagamento di minori tasse perché si istallassero sull'isola e queste, di conseguenza, avrebbero imposto peggiori condizioni di lavoro ai propri dipendenti perché i prodotti da esportare fossero il più convenienti possibile. No, signor Tito, la mentalità è cambiata, i corsi sapevano che, uscendo dalla nostra nazione, sarebbero rimasti soli, nessun prodotto dell'isola sarebbe più entrato sul nostro mercato.

- È così che vincete le elezioni, minacciando, mettendo paura, così come è successo in Britannia; loro non volevano entrare nella nazione e allora voi avete lasciato passare i Vandali per far loro cambiare idea. È vergognoso.

- Non siamo tenuti a difendere una regione che non vuole stare con noi. I nostri soldati sono pronti alla morte per qualcuno che dia loro valore, per un compatriota, non per qualcuno che si ritiene superiore. E, per quanto riguarda il passaggio dei Vandali dal Canale della Manica, diciamo che lei non conosce la verità, e probabilmente non la conoscerà mai. La verità è quello che diciamo.

- La verità è che avete creato uno Stato di schiavitù, dove chi non concorda con la situazione attuale viene torturato e mandato in prigione per lavorare come uno schiavo fino alla morte.

- È impressionante il modo distorto in cui vede la realtà. In primo luogo, la tortura non è ufficiale, quindi non esiste. In secondo luogo, le prigioni non sono colonie di vacanza come anticamente; oggigiorno il prigioniero lavora, è utile per la società, paga il proprio mantenimento. Risulta quasi comico ricordare come, nelle galere dell'era antica, i prigionieri formassero bande, all'interno delle prigioni, e si uccidessero l'un l'altro; alcuni passavano le giornate ad uccidere, altri imparavano nuove astuzie e trucchi criminali. La società antica era piena di pigri e di filibustieri che, per non lavorare, facevano qualunque imbroglio per chiedere sussidi e vivere come parassiti sulle spalle dello Stato. Così come dice uno dei nostri motti: "sempre giusto e benevolo con i poveri e i lavoratori, impietoso con i pigri ed i corrotti".

Tito fece un'espressione di fastidio e la sua irritazione aumentò nel sentire lo slogan; il viso gli si fece paonazzo e, quasi gridando, accusò Gustavo:

- Menzogne, menzogne e ancora menzogne. Propaganda da due soldi è quello che vomitate quotidianamente. – E poi con un tono più calmo: – Voi ci paragonate ai Vandali, non ci permettete di fornire la nostra versione dei fatti. Viviamo in uno Stato di menzogne.

- Sa qual è il problema, signor Tito? Voi, i terroristi, eravate abituati, nell'era antica, ad essere le star, ad avere spazi in televisione e l'obiettivo della ribalta puntato su di voi. I mezzi di comunicazione si chiedevano: Chi saranno? Dove vivranno? Chi saranno i loro amici e vicini? Quali saranno i loro obiettivi? Facevano reportage speciali, ore ed ore di conversazione su terroristi e assassini, ma oggi tutto è cambiato, oggi i terroristi hanno poca importanza, sono le vittime quelle che contano. Chi erano? Come ha reagito la loro famiglia? Quali erano i loro sogni? Cosa ci hanno lasciato? Oggi i mezzi di comunicazione non fanno pubblicità agli assassini.

Gustavo godeva nel vedere il prigioniero furioso e in posizione di svantaggio. Proseguì:

- Non so se lei apprezzi la mitologia greca, signor Tito, ma c'era una leggenda in cui un mostro di nome Medusa trasformava in pietra tutti quelli che la guardavano, così come faceva la televisione dell'era antica: il piccolo apparecchio rigurgitava costantemente immagini violente, morti, bambini che morivano di fame e di freddo, attentati terroristici, e la popolazione ormai guardava queste immagini con freddezza come se fossero normali, come se fossero diventati di pietra. Io, come nella mitologia greca, sono Perseo, che ha tagliato la testa a Medusa. Ho tagliato il giornalismo sensazionalista e avido di audience.

- Grazie, mio imperatore - Tito assunse un atteggiamento petulante – senza di lei, grande leader, che ne sarebbe di noi, poveri mortali. Egocentrico è tutto quello che lei è: un pazzo che pensa di essere stato mandato da Dio, di essere la Provvidenza. Uno squilibrato che si aggrappa al potere e parla di presagi, di stelle cadenti, alla fine uno psicopatico che presto o tardi vedrà che lo Stato chiuso che ha creato cadrà e sparirà. Che la regione Sacra eliminerà i Vandali e, di conseguenza, la popolazione di questa falsa nazione fuggirà da qui. Ha i giorni contati, imperatore.

Tito guardava Gustavo con ripugnanza, parlava senza timore e le sue fattezze si contorcevano per l'odio nel pronunciare ogni parola. Il presidente del governo, da parte sua, accarezzava lentamente la sua corta barba e osservava il corso con una certa ironia nello sguardo.

- Le do una notizia di prima mano: lo Stato Serrano ha fatto un accordo commerciale, quest'ultimo mese, con l'America del Nord, ovvero, lo Stato ermetico ormai non esiste più. È curioso come la legge buddista del karma sia infallibile. L'antico paese chiamato Stati Uniti d'America era il maggiore fabbricante e esportatore di armamenti, e quando si verificava un conflitto vendeva ai banditi e quando questi non avevano più denaro per pagare altri armamenti sceglieva un leader che proteggesse gli interessi americani. Oggigiorno, è il nord America ad essere in guerra e siamo noi che forniremo le armi e riceveremo in cambio beni materiali, finché un giorno non decideremo quale delle due parti ci farà più comodo appoggiare e la guerra terminerà. La storia si ripete ancora una volta, signor Tito, basta interpretarla.

Sembrava che la conversazione stesse arrivando alla fine; Tito sapeva perfettamente che destino lo stesse aspettando.

- Per favore, mi risparmi il suo discorso da testimone di Geova, con me non funziona.

- Sa cosa penso? Lei vuole semplicemente il potere, niente di più, perché mi pare incredibile che, essendo lei nato ed avendo vissuto nell'era antica, non ammetta che oggi viviamo in una società più egualitaria: con salari più equi, senza lobby né banche a dominare l'economia, con casi di corruzione divulgati senza tabù; nel mio stesso governo sono stati arrestati ministri per avere sprecato denaro, o per falsificazione e concussione. Quante specie di fauna e flora erano quasi estinte e oggi sono fuori pericolo? Un numero immenso. Proteggiamo la cultura, il folclore e la lingua di ogni regione, veda nella sua Corsica, oggi il corso è l'idioma principale, In Scozia il gaelico, qui nei Paesi Baschi l'euskara.

- Dividere per conquistare – disse Tito con aria arrabbiata. – O, come diceva Giulio Cesare: *divide ut regnes*. Forza, mi mandi in prigione. So già che mi aspetta una lunga tortura, ma la preferisco a dover sopportare questo ancora un minuto.

- Noi non la chiamiamo tortura, ma aiuto mentale. Lo usiamo quando, per esempio, un assassino non ricorda dove ha lasciato il corpo della sua vittima o, nel suo caso, se non ricorderà chi vi ha aiutato ad ottenere l'equipaggiamento militare che si trovava nel vostro accampamento.

Si sentirono, fra i poliziotti, dei timidi applausi che aumentavano sempre più di intensità e si sentirono varie urla di vittoria. Helder, che si trovava dentro l'auto, uscì per ammirare la ragazza che gli stava passando davanti e che veniva acclamata dalla polizia. Era alta e scura, i suoi capelli quasi neri si muovevano al vento; aveva un sorriso seducente, indossava vecchi stracci e portava una balestra sulle spalle. Passò in mezzo ai militari, ringraziando per l'ovazione, e poi si diresse verso Gustavo e Tito.

L'imperatore, dal momento in cui sentì i primi applausi, aveva già capito chi stesse arrivando; con un atteggiamento rilassato e fiducioso e con un largo sorriso, godeva della curiosità e dell'apprensione sul viso di Tito che, quando vide che era Sara la destinataria di tale entusiasmo, non poté evitare di mostrare il proprio disappunto.

Sara e gli altri tre elementi di Aurka, dopo aver abbandonato l'accampamento, avevano deciso di passare la notte nei dintorni di Biriatu per riposare, e che avrebbero comprato di mattina presto dei beni essenziali per fare il viaggio fino alla regione Sacra. Invece, dopo essere riuscita a depistare gli altri elementi, Sara era entrata in questura: si era presentata ed aveva comunicato la posizione del gruppo Aurka. Lì l'avevano informata di conoscerla già, e che in quel momento si stava svolgendo l'operazione di smantellamento. Sara ne fu tanto emozionata da voler andare fino alla montagna di corsa, ma la polizia le mise a disposizione un veicolo.

Gustavo si alzò e la ricevette a braccia aperte. Sara, commossa, abbracciò l'imperatore con forza.

- Non puoi immaginare quanto fossi preoccupato per la tua sicurezza. Sono molto orgoglioso di te.

I due rimasero stretti nell'abbraccio. Sara, sentendo queste parole, si emozionò ancora di più e, sebbene cercasse di non piangere, non riuscì ad evitare che gli occhi le si riempissero di lacrime. Come aveva aspettato con ansia di sentire questa frase da parte del suo padre adottivo.

- Aspetta, prima di parlare con quel verme di corso, ti voglio presentare l'agente che ha scoperto l'accampamento ed ha catturato il suddetto tizio.

Gustavo, piuttosto emozionato e tenendo la mano a Sara, si avvicinò a Matthias. Questi, che era rimasto a bocca aperta vedendosi passare davanti la bella Sara, si fece visibilmente nervoso. Gustavo li presentò e Sara, che lo guardava con uno sguardo curioso, disse:

- Allora hai visto i segnali di SOS che ho mandato?

- Sì, e ho cercato l'origine di quei segnali fino a quando, casualmente, mi sono imbattuto nell'accampamento. – Matthias parlava quasi balbettando, con uno sguardo e un atteggiamento pieni di timidezza.

A Sara piacque il modo in cui parlava portoghese, con forte accento francese, e il modo in cui evitava il contatto visivo; le sembrò un personaggio interessante, onesto, umile; ricevette una eccellente impressione di Matthias subito dal primo momento.

- Bene - interruppe Gustavo – avremo tempo di conoscerci tutti meglio, ma adesso, mia amata Sara, liberiamoci di quell'individuo.

I due tornarono nel posto dove si trovava il prigioniero, che sembrava impassibile a tutta l'emozione che lo circondava.

- Signor Tito, le presento Sara Torrado, figlia dell'illustre Ramiro Torrado, uno dei padri della nazione Serrana.

Il corso prese la notizia come se avesse ricevuto una scossa elettrica. I suoi occhi brillarono. Gustavo proseguì:

- Un bel trucchetto che abbiamo preparato per mesi o addirittura anni tutto per voi. – E scoppiò in una risata, accompagnato da Sara.

- Non mi sono mai fidato di lei, ma uno dei miei uomini era innamorato di questa puttana.

Tito sputò in direzione di Sara e poi la guardò con aria impudente.

- Sai, Sara, vorrei raccontarti una storia su tuo padre, una piccola storia che mi è arrivata all'orecchio.

- Cosa puoi saperne tu di mio padre, verme schifoso?

- Qualcosa che il nostro signor imperatore qui presente sicuramente non ti ha mai raccontato. Chiedo solo una sigaretta in cambio.

Sara guardò verso Gustavo, che si era nuovamente seduto sul tronco, aspettando che permettesse al corso di parlare. Gustavo ponderò se ordinare di farlo tacere, aveva timore di ciò che Sara avrebbe potuto sapere, però pensò che se non l'avesse lasciato parlare lei avrebbe potuto dubitare di qualcosa. La curiosità uccise il gatto. L'imperatore gridò che portassero una sigaretta a Tito e lo ammanettarono in modo che potesse fumare. Dopo il primo tiro, questi cominciò a parlare:

- Noi siamo qui, sul Monte Jaizkibel, da diverso tempo. Il governo pensava che fossimo da qualche parte nei Pirenei, ma siamo stati quasi sempre qui. Abbiamo aiutato molta gente a fuggire verso la regione Sacra, fra questi gli tzigani.

Tito parlava tranquillamente, fumando la sua sigaretta, mentre Gustavo ascoltava le sue parole in tensione.

- Sono rimasti con noi per un po' di tempo, prima di andarsene. Fra le varie storie che mi hanno raccontato, ce n'è una che ti interesserà in modo particolare, Sara. Secondo loro, tutto è cominciato quando, all'inizio della regione Serrana, si è verificato l'attacco da parte di Lentiscais a Monforte, da cui gli zingari sono stati espulsi. Gustavo è arrivato ad un accordo con il patriarca della comunità, un individuo che dovresti conoscere, un certo Josè Lino, l'assassino ufficiale di tuo padre. Questi erano i termini dell'accordo: gli tzigani sarebbero andati di paese in paese a creare paura e confusione e, quando la situazione fosse diventata insopportabile, sarebbe arrivato l'esercito Serrano per imporre l'ordine e annettere una nuova località. Se gli zingari avessero rispettato il patto, Gustavo li avrebbe lasciati vivere in pace e tranquillità. Però non tutti erano d'accordo con l'attacco codardo che si era verificato a Monforte né con le politiche sempre più totalitarie portate avanti dall'equipe di Gustavo; una di queste voci critiche era quella di tuo padre, Ramiro. Lui decise, insieme ad altri, di fondare un partito politico e chiese a Gustavo di poter parlare apertamente alla radio ed in questo modo dare la notizia di questa nuova corrente politica contraria a quella del regime. Gustavo gli permise di parlare ma, un giorno prima che lui potesse divulgare la nascita del partito, José Lino, mandato da Gustavo, uccise tuo padre.

Tito terminò di fumare la sigaretta e, con l'indice, la lanciò verso Gustavo.

- Sì, il vero assassino di tuo padre è Gustavo.

L'imperatore rimase impavido e sereno, senza mostrare alcun disagio. Da parte sua Sara si era agitata sempre più sentendo raccontare la storia e, dopo le ultime parole, prese la balestra dalle spalle e la puntò contro Tito, gridando:

- Come ti permetti di denigrare la memoria di mio padre? Come ti permetti di inventare queste menzogne senza capo né coda? Preparati a morire.

- No! – gridò Gustavo – Non vedi che è questo ciò che vuole? Ti sta provocando perché tu lo uccida. Non cadere nella sua trappola.

Sara abbassò l'arma, mentre guardava Tito con avversione; questi, serio, rimase in silenzio distogliendo lo sguardo da quello della ragazza.

Scacco matto

Per celebrare lo smantellamento del gruppo Aurka, il presidente della commissione di Biriatu organizzò una piccola cerimonia nei locali del municipio, che si trovavano vicino ai banchi del *fronton* e di fronte alla chiesa del paese. Fu organizzata una cena, alla quale erano presenti i principali personaggi coinvolti nell'operazione. Gustavo, di buon umore, fece la sua comparsa e pianificò con il presidente della commissione una cerimonia, in grande scala, trasmesso in tutti gli angoli dell'Impero, ai due giovani implicati in questa grande vittoria. Questo omaggio avrebbe dovuto verificarsi entro una settimana, dopo il secondo incontro bilaterale con la regione Sacra.

Gustavo annunciò ai due giovani che avrebbero avuto una settimana di ferie e che dopo questo riposo avrebbero accompagnato la sua comitiva fino alle Alpi per la suddetta riunione. Quella stessa mattina sarebbero arrivati Paulão, Rute e Norton.

Durante la cena Matthias e Sara si sedettero uno di fianco all'altro all'enorme tavolo rotondo. Sara aveva finalmente fatto un bagno con l'acqua calda ed aveva comprato dei vestiti formali, ma comodi. Matthias, dal canto suo, indossava l'uniforme militare che si era portato dalla caserma di Padilha.

L'atmosfera era rilassata e Sara parlava con animazione con i presenti al contrario di Matthias, che rimaneva in silenzio. La ragazza, accorgendosi della timidezza del giovane, gli chiese:

- Stai bene?

- Sì, grazie – rispose lui con un sorriso imbarazzato.

In verità Matthias si sentiva come un pesce fuor d'acqua, si sentiva nervoso a stare vicino a gente tanto importante, ed aveva paura di commettere qualche errore di etichetta. A parte questo, la presenza di Sara al suo fianco non aiutava. La guardava di soppiatto e osservava quanto fosse bella: indossava un vestito azzurro che le arrivava alle ginocchia, non molto attillato, ma abbastanza per risaltare le curve del suo corpo. Portava degli orecchini a forma di penna di uccello che, data la sua pelle scura, la faceva sembrare un'india sudamericana; i capelli erano lunghi, neri e brillanti, e aveva addosso un profumo di vaniglia, leggero, ma molto femminile. Matthias era nervoso e sudava anche un po', e temeva che lei potesse sentire l'odore del suo sudore.

Con l'aiuto del vino Matthias cominciò a rilassarsi: le raccontò della sua esperienza militare in caserma, di come era entrato in polizia, di come aveva catturato Tito, del suo braccio ferito dal proiettile. Lei gli raccontò dei mesi passati nella foresta, del viaggio fatto fin lì, del suo maestro e della sua famiglia.

A Sara piacque la timidezza di Matthias, la maniera rispettosa con cui la guardava e persino il suo nervosismo. Lo trovava sempre più attraente: era alto, atletico, con un viso allungato e la mascella marcata, molto mascolino. Aveva dei begli occhi verdi e i capelli castano chiaro, un po' ondulati e tenuti sciolti. Lei era abituata ad essere corteggiata da diversi uomini, molti dei quali fanfaroni con l'unica intenzione di avere un rapporto sessuale; vedeva in Matthias un uomo diverso; le sembrò molto onesto, umile e persino ingenuo.

- Cosa farai in questa settimana di vacanza?

- Andrò a trovare mio padre, che vive nella zona di Le Barp.

Sara ebbe timore che lui avrebbe detto che andava a trovare anche la fidanzata, mentre Matthias pensò di invitarla, ma ritenne che Sara dovesse avere un'agenda piena di impegni e suppose, data la sua bellezza, che avesse un fidanzato. Ebbe quindi la sensazione che Sara fosse fuori dalla sua portata.

- E come ci vai, Matthias?

- In treno.

Si fece silenzio e Sara ponderò l'ipotesi di autoinvitarsi, ma questo sarebbe stato troppo insolente.

- E tu, Sara, che programmi hai per questa settimana?

- Non ho nessun programma; magari un po' di riposo, televisione, musica, non so....

- Vuoi venire con me?

- No, no, non voglio disturbare.

- Non disturbi in alcun modo, sarebbe un piacere fare il viaggio con te – disse Matthias con un largo sorriso.

- Sei sicuro?

- Per favore, sarebbe un onore.

Dopo il dolce, molti invitati si spostarono sul terrazzo dell'edificio per fumare un sigaro o una sigaretta, accompagnati da un cognac o da un whisky. I due giovani rimasero seduti a tavola per pianificare il viaggio fino alla terra natale di Matthias.

Sara chiese un'automobile a Gustavo, che gliela concesse senza problemi e senza fare domande. Il viaggio era corto, solo due ore, però Sara voleva visitare i bunker che si trovavano sulla spiaggia nella zona delle Lande, che era sulla strada.

Partirono dopo pranzo, più tardi del previsto; era Sara che guidava il veicolo, perché Matthias aveva il braccio destro ancora semi-immobilizzato per il proiettile che l'aveva colpito. Percorsero l'autostrada e, a metà strada, deviarono per vedere i suddetti bunker. Tutta quella zona era piena di pini selvatici, erano immensi e sembravano non terminare mai. Sara rimase in ammirazione nel vederne tanti e Matthias le raccontò che molti anni prima erano stati usati per ottenere la resina e, quando questo non era stato più redditizio, li avevano abbandonati. E lì erano rimasti questi pini inalterati, assistendo al passare delle generazioni e delle civiltà umane.

Continuarono in direzione del litorale, per strade mal asfaltate e in terra battuta, finché non arrivarono alla località chiamata Labenne-Océan. Si stupirono nel vedere che la maggioranza delle abitazioni del paese erano occupate, c'era commercio e anche una certa confusione nelle strade centrali. Uscendo dal paese e avanzando verso il mare, il panorama cambiava radicalmente: apparentemente non c'era nessuno, ma sui due lati della strada c'erano campeggi abbandonati, lasciati deteriorare, dall'aspetto sinistro e spaventoso, come nei film horror dell'era antica, di cui i due giovani erano fan. Dedussero che quelle strutture fossero sopravvissute all'attacco extraterrestre di 16 anni prima, ma che la loro popolazione, composta esclusivamente da campeggiatori, si fosse dispersa. Alla fine della strada si trovarono davanti alte dune piene di cespugli; il vento soffiava relativamente forte.

- Ecco lì i bunker! – disse Matthias indicando un punto a metà della spiaggia.

- Andiamo a guardarli da vicino.

Lungo tutta la costa si potevano vedere questi rifugi, una volta sotterranei, ma che in quel momento erano sepolti per metà dalla sabbia, deteriorati dal mare e dall'erosione, alcuni anche vandalizzati. Salirono su uno dei bunker e lo esaminarono dettagliatamente. Si sedettero su uno dei punti più alti a contemplare la bellezza del luogo. Davanti a loro l'oceano sembrava infinito, tranquillo, amichevole; all'orizzonte il sole cominciava a tramontare.

- Ti sei mai immaginato i soldati che erano qui durante la II Guerra Mondiale, in attesa che davanti a loro spuntasse un'armata immensa? Cosa avranno pensato? E nel sapere che lo sbarco è poi avvenuto in Normandia, si saranno sentiti sollevati?

- Non saprei, Sara. – Matthias guardava verso l'orizzonte come se stesse riflettendo sull'argomento. – Il sole tramonterà fra un'ora, è meglio tornare indietro, altrimenti arriveremo molto tardi a casa di mio padre.

- E perché non ci accampiamo qui stanotte? L'auto è militare ed ha una tenda nel bagagliaio, abbiamo del cibo e possiamo fare un falò con tutta la legna che c'è qui intorno.

Il battito del cuore di Matthias cominciò ad accelerare, le disse di sì in un modo un po' precipitoso e i due decisero, prima di rimanere senza luce naturale, di montare la tenda vicino ad uno dei bunker e poi preparare un falò e cucinare.

Quando arrivò la notte, portò una vasta oscurità; loro quasi non se ne accorsero, stavano cenando intorno al fuoco, conversando animatamente.

- Com'è l'imperatore Gustavo in privato?

- Può sembrare una bugia, ma è piuttosto scherzoso, ha un buon senso dello humor, soprattutto nero. È affettuoso, attento, molto disciplinato e metodico, esageratamente, dico io. È come un padre per me. Si è occupato di me e di mia sorella dopo la morte di mio padre; ho sempre voluto che fosse orgoglioso di me.

Sara abbassò la testa guardando fissamente il fuoco.

- Sono certo che lo è. Era molto emozionato quando ti ha abbracciato. Com'è essere figlia di Ramiro, uno dei padri della nazione? E in più, lui è anche il simbolo della nostra era, il suo viso è dappertutto.

- È tanto benefico quanto pregiudiziale. Essere figlia di Ramiro mi ha aperto tantissime porte, ma le aspettative su di me sono sempre state eccessivamente alte. Si è creato un mito intorno a mio padre, lo Stato ha approfittato della sua figura per creare un'icona. Io e mia sorella non abbiamo avuto un'adolescenza normale, tutti ci conoscevano sempre come le figlie di Ramiro. Molti nemmeno sapevano il nostro nome.

- Non parlarmi di adolescenza normale, sono un esperto in materia.

Matthias le raccontò la storia della sua ancora giovane vita e, dopo che il fuoco ebbe consumato gli ultimi rami, i due entrarono nella tenda e continuarono a conversare, ognuno dal suo lato, illuminati dalla luce di una lanterna. Parlarono di gusti musicali, cinematografici, letterari, dei loro sogni e delle loro speranze e, a mezzanotte, Sara si addormentò. Matthias spense la lanterna e rimase nell'oscurità, ad ascoltare il suono delle onde immaginando di trovarsi su un'isola deserta con Sara, solo loro due, lontani da tutto e da tutti, a vivere un'ardente passione.

Quando sorse il sole, i due si prepararono per fare il resto del viaggio. A fine mattinata arrivarono a Le Barp, c'era un ambiente festoso con le strade ornate di fiori, fiocchi e bandiere Serrane.

- Che coincidenza, questo fine settimana c'è festa in paese! È una festa locale, sono passati cinque anni da quando sono arrivati i soldati Serrani. Ci sarà musica dal vivo stasera.

- Dobbiamo venire! – disse Sara con animazione.

Quando arrivarono al vecchio castello, il padre di Matthias stava lavorando nell'orto. Nel vedere il figlio mostrò felicità, ma anche sorpresa.

- Cosa fai qui, figliolo? Cosa ti è successo al braccio?

Matthias gli raccontò, senza entrare troppo nei dettagli, dell'operazione sul Monte Jaizkibel; gli presentò Sara come un'amica. Jean-Pierre, il padre, fu cortese con la ragazza, sebbene parlasse solo francese e Sara non dominasse l'idioma. I due uomini preparano le stanze per i nuovi arrivati, e poi cucinarono il pranzo: Tournedos Rossini, un piatto tipico della regione: carne di manzo con una fetta di fegato e delle scaglie di tartufo nero, accompagnato da un vino dolce. Il dessert consisteva in un piccolo *canalé*[4].

Dopo pranzo, Sara si scusò ed andò a fare un sonnellino nella sua stanza. I due uomini rimasero a sistemare la cucina.

- Che bella questa ragazza! È la tua fidanzata, Matthias?

- No. Siamo solo amici.

- Ma lei ti piace, vero? Si vede da come la guardi.

Il vecchio parigino rise e Matthias, un po' a disagio per l'argomento, cambiò tema:

- Papà, ci sarà una una cerimonia a Biriatu la settimana prossima, per commemorare la caduta del gruppo terrorista Aurka. Io e Sara verremo decorati per le nostre azioni. Oltre a questo, farò un periodo di stage con l'equipe di sicurezza dell'imperatore, e quindi lascerò il posto di Biriatu.

- Ah, sì, che bello! Le cose stanno veramente andando benissimo per te, figlio mio, sono molto contento.

- Mi farebbe piacere che fossi presente a questa cerimonia, papà.

- Ci sarò, ci puoi contare, sarà motivo d'orgoglio per me.

Il pomeriggio avanzò, Matthias mostrò il suo terreno a Sara: l'orto, il frutteto, il fienile, il luogo in cui era sepolta sua madre; le mostrò il piccolo bunker dove aveva dormito per gran parte della sua vita con le sorelle, finché Jean-Pierre non li chiamò per cenare. Fu un altro pasto delizioso, in un ambiente tranquillo al suono di musica classica proveniente dalla radio pubblica.

Dopo cena, i giovani si recarono alla festa locale di Le Barp, mentre il padre preferì rimanere a casa. La festa si svolgeva nell'ampio parcheggio vicino alle piscine municipali. C'era un piccolo palco su cui una banda suonava musiche animate e un bar all'aperto che vendeva cibo e bevande. Il luogo era pieno di propaganda statale.

Prima di gettarsi nella mischia, i due ragazzi visitarono la chiesa di Saint-Jacques, che risaliva al XIX secolo; fecero qualche commento sulla sua architettura, comparandola con quella delle altre chiese sparse per l'Impero. Poi si abbandonarono al divertimento, bevvero vari litri di birra, cantarono e danzarono al suono di musica tanto dell'era antica quanto attuale e anche di inni patriottici. A mezzanotte, la metà delle persone era già rientrata a casa, la banda era stata sostituita da un DJ, la notte si era raffreddata. Matthias, mezzo ubriaco, andò dal disc-jockey e gli chiese all'orecchio di mettere una canzone.

- Cosa stai tramando, disgraziato? – chiese Sara, con un lieve sorriso e un'aria sospettosa.

- Vedrai – rispose Matthias, che danzava senza grande ritmo e con un aspetto comico.

Sentendo i primi accordi di La Roux della canzone *Cover my eyes*, Sara scoppiò in una risata e accettò la mano di Matthias per ballare il lento. I due danzavano vicini, ridendo, e Matthias pensò che forse fosse il momento giusto per darle un bacio; si ricordò di Angela e non volle perdere di nuovo un'opportunità, preferiva venire rifiutato che vivere nel dubbio. Però, prima che potesse tentare qualunque movimento, Sara gli chiese:

- Tu non parli inglese, vero?

- No, perché?

- Questa canzone parla di un amore non corrisposto. Una donna è innamorata di un ragazzo, ma lui ha una fidanzata e quando loro le passano davanti, la donna deve coprirsi gli occhi; per questo il nome della canzone è *Cover my eyes*.

- La colpa è del DJ, io gli ho chiesto una canzone calma di La Roux, perché ieri mi hai detto che è la tua cantante preferita – disse Matthias fra le risate.

Così come nei film romantici dell'era antica, al suono di una musica di sottofondo, Matthias prese coraggio e avvicinò le labbra a quelle di Sara. Cercò di ricordare come facessero gli attori in televisione, ma le cose procedettero con normalità e i due smisero di ballare e restarono alla festa a scambiarsi carezze.

Decisero di cercare un luogo più tranquillo e si diressero verso l'auto, continuando a baciarsi anche lì. Sara era seduta in braccio a Matthias, e lui desiderava accarezzarle il corpo, ma aveva paura di correre troppo. Tornarono al castello.

- Portami nel fienile – disse Sara con un sorriso malizioso.

Camminarono nell'oscurità, fra risatine e baci rapidi finché non arrivarono al fienile. Si buttarono in mezzo alla paglia e vi rotolarono sopra insieme. Sara prese l'iniziativa e cominciò a togliergli gli abiti, lui l'aiutò. Lei si spogliò rapidamente e lui rimase senza fiato nel vedere il suo corpo nudo. Erano illuminati dalla luce tenue di un lampione che si trovava ad un angolo. Sara si buttò su di lui e tornarono a baciarsi, a sentirsi la lingua, a scambiarsi carezze, finché lei non disse:

- Sto sopra io?

- Sì.

Matthias respirava a fatica, quante volte aveva immaginato di compiere quell'atto con la prostituta del quartiere proibito e poi con Angela? Centinaia, migliaia, e finalmente avrebbe perso la verginità con Sara. In piena estasi sentì l'umidità del corpo di Sara nella penetrazione e pensò: "Oh, Sara, come ti amo! Darei la vita per te" e la strinse il più forte possibile.

Dopo il coito, i due restarono in silenzio a scambiarsi carezze. Matthias aveva molte cose da dire, ma non sapeva da dove cominciare. Da parte sua Sara era tranquilla, rilassata; baciò le labbra di Matthias, si mise qualcosa addosso, si raggomitolò sul corpo dell'amante e si addormentò.

Il giovane poliziotto, però, era molto lontano dal chiudere occhio, la sua mente era una autentica tempesta di pensieri e dubbi. A Sara sarà piaciuto?

Aveva sentito i colleghi in caserma e in polizia ostentare di metterci molto tempo nell'atto sessuale, ma a lui era sembrato tutto troppo rapido, qualche minuto. Lei avrà capito che lui era vergine? Come sarà stata la sua performance? E lei, con quanti uomini aveva dormito? Avrà amato qualcuno sul serio?

Poco a poco si calmò e pensò di cercare di dormire, ma guardò verso un angolo del fienile e si ricordò della madre; gli venne in mente la sua figura, sdraiata lì, a pochi metri di distanza da dove si trovava lui in quel momento. Era uno dei pochi ricordi che aveva di lei. Inerte, prostrata al suolo, con una bottiglia di pillole in mano. Due sentimenti gli invasero la mente: odio e amore, in questo preciso ordine. Odio perché lei aveva abbandonato la famiglia, perché era stata vigliacca. Amore perché, malgrado tutto, l'amava ancora e avrebbe voluto poter sentire di nuovo le sue mani fra i capelli, il suo abbraccio, il suo sorriso. Due lacrime scesero sul viso di Matthias; come avrebbe voluto aver conosciuto meglio la madre.

Si fecero vivi i primi raggi di sole; Matthias, che ancora non si era addormentato, svegliò dolcemente Sara. Mezzo assonnata, lei si vestì completamente e i due si diressero verso il castello, si salutarono con un lungo bacio ed ognuno andò alla propria camera. Finalmente Matthias riuscì ad addormentarsi. Suo padre, che dormiva sempre con un fucile al suo fianco, abitudine di altri tempi, si accorse dell'entrata dei due in casa, guardò l'orologio e decise di dormire un'altra ora o due prima di andare al centro del paese per comprare il pane per la colazione.

Era già mezzogiorno quando Matthias venne svegliato dal padre. Era un po' nervoso e parlava a bassa voce.

- Matthias, figliolo, svegliati. Guarda cosa c'è sul giornale. È la tua foto! E quella di Sara! Qui dicono che è figlia di Ramiro, uno dei padri della nazione! Mio dio, Matthias, perché non mi hai detto che lei era una persona così importante?

Il figlio fece uno sforzo per alzarsi, gli faceva male la testa, aveva bevuto troppo, pensò. Si ricordò subito dopo della notte passata: la festa, il ballo lento, il primo bacio, ciò che era successo nel fienile. Gli si stampò in viso un leggero sorriso, poi tornò alla realtà e cercò di calmare il padre, che continuava a ripetere le stesse parole.

- Sì, sì, è figlia di Ramiro, ma cosa importa, l'avresti tratta in un modo diverso?

Jean-Pierre preparò il pranzo e poco dopo apparve Sara, che si unì alla famiglia in cucina. I due giovani si scambiarono un sorriso e uno sguardo complice. Il padre di Matthias si comportò con Sara in modo ossequioso, ma lei non si accorse del cambiamento di atteggiamento e pensò semplicemente che fosse un uomo amabile e simpatico; il figlio, invece, sentì un po' di vergogna per questo comportamento.

Partirono poco dopo pranzo, con abbracci e la promessa di rivedersi dopo una settimana alla cerimonia programmata per omaggiare i due ragazzi. I due decisero di tornare alla spiaggia, vicino al bunker, e passar lì la notte. Parlarono fino all'alba, sdraiati, al suono del mare agitato.

- Sai, Sara, fino a ieri ero vergine, non ero mai stato con una donna.

Lei sorrise, gli prese una mano e gli disse con voce dolce:

- Sono fortunata.

- Si è notato molto che si trattava della mia prima volta?

- No, tesoro, sei stato molto bravo, è stato molto bello. Sai che per me non è stata la prima volta, vero?

- Sì, ma non devi raccontarmi niente del tuo passato amoroso, preferisco non sapere.

- Hai paura di essere geloso?

- Sì, forse.

Sara sorrise e apprezzò la sincerità dell'amante, sentì di avere un diamante grezzo fra le mani, cominciò a scoprire un sentimento che fino ad allora non conosceva; lui le trasmetteva una grandissima pace interiore e un senso di fiducia, forse si stava innamorando. Gli si concesse ancora una volta e fecero di nuovo l'amore al suono e al ritmo delle onde che sbattevano una dopo l'altra, senza sosta.

Il giorno seguente tornarono a Biriatu. Le massime cariche dello Stato si trovavano già nella località. Tutti si stavano preparando per la tanto attesa riunione con i rappresentanti della regione Sacra. I due decisero di aspettare dopo la cerimonia per ufficializzare la propria relazione, però Rute, che era una donna molto astuta per quanto riguardava i sentimenti, avvertì che fra i due ragazzi c'era una complicità e una fiamma nello sguardo fuori dal comune.

- Gustavo, penso che Sara e il giovane poliziotto stiano vivendo una storia d'amore.

Lui si strinse nelle spalle come segnale di non essere preoccupato dalla cosa; la sua mente era totalmente concentrata sul giorno successivo, sull'incontro con il suo omologo della regione Sacra. Rute proseguì:

- Quando pensi di dirle che non ti candiderai di nuovo alla presidenza del governo e che conti su di lei perché sia la tua sostituta?

- Abbiamo ancora tempo; dopo la cerimonia, quando torneremo a Lentiscais.

Gustavo dormì male durante la notte, facendo sogni agitati, senza trovare la posizione giusta e agitandosi costantemente nel letto; guardava la moglie e la vedeva dormire tranquillamente, come un bebè. Si alzò e si sedette in sala, da solo e al buio, davanti alla televisione spenta. La temperatura era bassa, l'abitazione era gelida e la sua mente volò all'era antica, quando era bambino e passava le ferie di Natale con i nonni paterni a Lentiscais, quando quello era un piccolissimo paese. Si ricordò di suo nonno che lo svegliava con dolcezza.

- Gustavo, svegliati, vuoi venire con me a prendere l'acqua?

- Ma è ancora notte, nonno!

- No, il sole è già sorto, ti porto sull'asino.

E così andavano i due, Gustavo sulla schiena dell'asino, seduto sulla sella per trasportare i carichi, avvinghiato al pelo duro e bianco dell'animale, mentre suo nonno li precedeva con le redini in mano, guidandoli fino alla fonte. Passavano dalla strada di ciottoli romana, l'asino dondolava e i contenitori di metallo sbattevano l'uno contro l'altro producendo un rumore metallico che li accompagnava fino alla sorgente.

- Forza, salta giù, Gustavo. Gira la manovella della fontana, mentre io raccolgo l'acqua.

Com'era fredda e pesante la manovella! Gustavo si sforzava perché l'enorme ruota cominciasse a girare, e allora l'acqua accumulata nella sorgente avrebbe cominciato il processo di ascensione e il prezioso liquido sarebbe scaturito da un tubo e sarebbe andato a riempire i quattro contenitori che avevano portato.

Sulla via del ritorno, il vecchio gli chiedeva sempre:

- Allora, non vuoi montare sull'asino?

- No, sto bene, lui è molto carico, poverino.

- Ma è una bestia da soma! È a questo che serve.

- No, lascia stare, nonno, sto bene qui di fianco a te.

- Sei un bravo bambino, Gustavo. Hai un buon cuore.

Nell'oscurità, Gustavo ricordava tutti i dettagli di questa storia; sentì nostalgia dei nonni e dei genitori e si chiese se sarebbero stati orgogliosi di lui. Certamente non avrebbero potuto essere d'accordo con tutte le sue azioni, loro erano persone umili ed oneste che l'avevano educato secondo buoni principi e valori: che bisognava essere sempre generosi, che mentire e rubare era sbagliato e che la famiglia era sempre la cosa più importante.

- Ma ho fatto tutto questo per la mia famiglia – parlava sottovoce, ad un volume quasi impercettibile, cercando di auto-giustificarsi – prima per salvare i miei figli e i miei genitori e poi perché loro, i miei figli, avessero un futuro giusto, un futuro più degno.

E se non ci fosse stato l'attacco? Come sarebbe stata la sua vita? Meditò. Avrebbe continuato al Municipio, come capo di qualche reparto, probabilmente quello informatico, senza grande voglia né impegno. Con i figli ad uscire dal nido; probabilmente si sarebbe separato da Marta, o magari no, sarebbero stati una di quelle coppie disfunzionali che passano le giornate a gridarsi dietro.

Poco a poco, la sala si schiarì e Gustavo decise di mettere di lato la nostalgia e i dubbi e avanzare per scrivere un altro capitolo della storia. Quello sarebbe stato un giorno grandioso per l'Impero Serrano, sarebbe stato il culminare di un processo che era stato pianificato per anni e che, quel giorno, sarebbe stato messo in pratica.

Alle otto in punto, la stazione ferroviaria di Biriatu ricevette i principali rappresentanti dello Stato. C'era un treno già pronto per partire, con due soli vagoni. Le altre persone presenti in stazione guardavano con curiosità quella inusuale agitazione.

L'atmosfera nei due vagoni era animata; uno di questi serviva come bar ed era dove si trovavano Gustavo, Paulão e Norton, che parlavano a voce alta e, già di mattina, bevevano alcol come se stessero festeggiando una qualche vittoria. Sara conosceva la maggior parte delle persone che viaggiavano su quel treno, ma ce n'erano alcune che non aveva mai visto e questo le sembrò strano, perché pensava di conoscere già tutti i comandanti e i generali dell'esercito. Oltre a ciò, non capiva l'ambiente tanto rilassato; stavano per entrare in territorio Vandalo, ma nessuno sembrava preoccuparsene. Con il passar del tempo e vedendo che la situazione non cambiava, Sara si avvicinò a Rute, che stava conversando amabilmente con Matthias.

- Zia Rute – era così che la chiamava abitualmente – stiamo entrando in territorio Vandalo, non dovremmo stare più attenti?

Rute restò in silenzio, un po' a disagio, e con un lieve sorriso disse:

- Non preoccuparti, cara. Beh… il tuo amico qui, il signor Matthias, mi stava raccontando della vostra visita ai bunker della II Guerra Mondiale.

Per Sara c'era qualcosa che puzzava, qualcosa non le suonava giusta, ma non volle mostrare la propria inquietudine e si lasciò condizionare dall'atmosfera. Da parte sua, Matthias aveva assoluta fiducia nelle capacità dell'imperatore e della sua equipe, e per questo era calmo e pensò varie volte che Angela aveva chiesto di essere trasferita sulle Alpi; sarebbe stato divertente rivederla, sicuramente aveva già letto la notizia che lui e Sara avrebbero ricevuto un'onorificenza la settimana successiva. Sarebbe stato fantastico vedere la sua reazione nel sapere che lui e Sara stavano insieme. Sarebbe stata gelosa?

Il viaggio fino al punto stabilito dalle due comitive durò otto ore. Arrivati alle Alpi, videro che il paesaggio era completamente coperto dalla neve, di un bianco intenso e brillante. Quando uscirono dal vagone, in una piccolissima stazione senza nome, vennero ricevuti da una raffica di aria fresca, da un vento secco e gelido e dal bianco della neve che li circondavano da tutti i lati. Malgrado ciò, tutti avevano voglia di uscire e camminare un po'. Gustavo dirigeva il gruppo mentre salivano su una piccola collina. Il sentiero che seguivano era stato in parte sgombrato dalla neve e c'erano diverse orme umane. Arrivati alla cima del monte, furono accolti da alcuni uomini, quattro o cinque, vestiti senza nessuna uniforme militare, ma che salutarono le persone che arrivavano mettendosi sull'attenti. Sembravano cacciatori alpini; portavano giacche di pelle, cappelli di lana, barbe lunghe e fucili in spalla. Erano tutti lì, sulla cima del monte; intorno a loro c'era un interminabile catena montagnosa, totalmente innevata, e una linea ferroviaria che contornava e forava le montagne. Sara si avvicinò a Gustavo:

- Cosa ci facciamo qui?

La neve cominciava a cadere lentamente.

- Aspettiamo che arrivino i rappresentanti della regione Sacra, questo è il luogo concordato.

Appena terminò la frase si sentì il fischio di una locomotiva, e tutti gli sguardi si diressero verso il treno che si avvicinava a buona velocità. Sara, Matthias, Rute e Gustavo erano vicini, dietro di loro c'era il resto della comitiva, che osservava il cobra che si muoveva come un serpente fra i monti. Dal luogo in cui si trovavano avrebbero visto il convoglio proveniente dalla regione Sacra entrare in una galleria, attraversare un ponte molto alto ed arrivare alla stazioncina senza nome.

La locomotiva continuò ad avanzare finché non fu ingioiata dalla galleria che si trovava prima del ponte; mentre ne usciva si sentì una prima esplosione, subito dopo un'altra, finché il rumore delle esplosioni non diventò assordante e il ponte cominciò a crollare, a cadere come se fosse fatto dei pezzi di un domino, il ponte si disfaceva. Il treno cercò di frenare, di evitare l'inevitabile caduta nell'oscurità, ma ormai non c'era più nessun ponte. Per una frazione di secondo, sembrò che la locomotiva volasse e riuscisse a passare dall'altro lato ed arrivare alla stazioncina senza nome, ma la legge di gravità ebbe il sopravvento e le fece cominciare l'inevitabile caduta. In quel momento si sentì un enorme e ultimo boato, quello del veicolo che sbatteva contro il suolo.

Sara e Matthias gridarono appena sentirono la prima detonazione. La giovane guardò rapidamente verso Gustavo con la bocca aperta per lo spavento e l'orrore, ma l'imperatore le rispose con uno sguardo sereno, tranquillo, di chi già si aspettava quel risultato.

Dopo l'ultimo fragore, si sentirono battiti di mani e ululati di vittoria da parte delle persone presenti. Gustavo si avvicinò a Sara e Matthias, che restavano a bocca aperta, sorpresi da tutto e senza capire cosa stesse succedendo. L'imperatore si mise fra i due giovani in una posizione più elevata. Sara notò che gli occhi azzurri di Gustavo brillavano di allegria e sentì una certa apprensione, mentre Matthias aspettava tranquillamente che l'imperatore giustificasse ciò che era successo, la sua fede nell'Impero era smisurata.

Questo luogo sarebbe stato ideale perché un pittore come Peter Paul Rubens, curiosamente nato nel XV secolo nella regione che allora si chiamava Sacro Impero Romano-Germanico, dipingesse un quadro; lui era un maestro nel rappresentare paesaggi. In questo ipotetico quadro vedremmo un rilievo montagnoso, totalmente imbiancato, con la neve a cadere copiosamente; sulla cima di una collina, uomini e donne, la maggioranza in uniforme militare, che bevono champagne. Un po' più in basso, tre persone che sembrano conversare tranquillamente. Su un lato di questo monte un piccolo convoglio, parcheggiato in una modesta stazione, mentre dall'altro lato un ponte totalmente distrutto. Quello che il nostro talentuoso pittore non avrebbe potuto catturare era il rumore che si sentiva sulla collina: il crepitare del fuoco che arrivava dal treno proveniente dalla regione Sacra.

- Voi eravate gli unici, fra coloro che hanno fatto questo viaggio, a non sapere ciò che sarebbe successo. È arrivato il momento che vi informi su quello che è accaduto qui. – Gustavo fece una pausa e osservò gli occhi pieni di curiosità dei suoi interlocutori. – Ma dovremo tornare agli inizi della nostra nazione perché voi possiate comprendere completamente la situazione. Voi sicuramente avete letto sui libri o visto alla televisione vari documentari sulla nascita della nostra patria; io direi che il fattore più importante è stato l'aver ottenuto l'energia, l'elettricità. Poco a poco i paesi vicini si sono uniti a noi e la nazione ha cominciato a crescere costantemente giorno dopo giorno. A quei tempi, dopo l'attacco extraterrestre, regnava la legge del più forte, e noi abbiamo rappresentato una luce di speranza per molta gente; portavamo ordine, progresso, organizzazione e unità. Avevamo la convinzione di poter creare una società migliore della precedente e, quando i paesi si univano a noi, entravano a far parte di questo nostro sogno. La nostra espansione nella Penisola Iberica è stata rapida; nella penisola regnava il caos, era piena di saccheggiatori e assassini e noi siamo avanzati senza incontrare barriere. Abbiamo rispettato la cultura della gente locale e siamo stati ricevuti come eroi. Abbiamo passato i Pirenei e lì ci siamo trovati davanti un problema: un'altra società stava crescendo nell'Europa centrale, ed era identica a quella dell'era antica.

Gustavo fece una pausa per prendere fiato e proseguì:

- Questa regione prese l'antico nome romano: Sacra. La sua politica era restaurare le leggi e le norme dell'era antica. Questo ci ha creato un problema. Sapevamo che prima o poi avremmo dovuto instaurare delle relazioni con loro, era impossibile che lo Stato rimanesse ermetico per sempre. Conoscendo l'essere umano, la sua avidità e la sua ingordigia, sapevamo che sarebbe stata solo una questione di tempo prima che le imprese create nella nazione Serrana, che pagano imposte alte, in cui i gestori e gli amministratori hanno dei tetti al salario, fossero incitate a trasferirsi nella regione Sacra, dove avrebbero pagato meno tasse, avrebbero avuto salari migliori e banche per duplicare la propria fortuna; queste delocalizzazioni, come conseguenza, avrebbero spostato la popolazione in cerca di lavoro ed il nostro sogno di una società migliore sarebbe svanito.

Gustavo fece una nuova pausa, bevve un po' d'acqua e continuò:

- Abbiamo dovuto creare una truppa d'élite, un corpo militare che ci proteggesse e creasse una specie di bolla intorno a noi, e l'abbiamo chiamata Vandali.

Matthias spalancò gli occhi, era sconvolto, confuso; Sara, perplessa, non voleva credere alla veridicità di quelle parole.

- In realtà come truppa d'élite i Vandali hanno agito molto poco, solo in due occasioni. La prima è stata il conflitto nella Penisola Italica, dove hanno attaccato le basi militari di una delle fazioni, lasciando il cammino aperto all'annessione della penisola all'Impero Serrano. La seconda è stata in Britannia; abbiamo deciso che fosse strategicamente pericoloso che le isole non facessero parte della nostra nazione, pertanto i Vandali sono avanzati da nord a sud al fine di seminare il caos e noi, i soldati Serrani, abbiamo salvato la popolazione da un genocidio. È logico che ci siano state morti di civili nel caso della Britannia, abbiamo cercato di ridurre al massimo il numero di perdite civili, ma è stato versato del sangue innocente, non vi mentirò.

L'imperatore abbassò lo sguardo, mostrando una certa tristezza.

- Tutto il resto che si dice, ovvero che i Vandali uccidono, bruciano, violentano, sono cannibali, è tutto una menzogna, sono voci create da noi, che la paura ha diffuso ed ha fatto in modo che fossimo ricevuti con entusiasmo in luoghi come la tua terra, Matthias.

Sara e Matthias erano sopraffatti da tutte quelle informazioni.

- Questa truppa d'élite consiste in meno di trenta fra uomini e donne, e il loro obiettivo è evitare la contaminazione della regione Sacra. Loro, i Vandali, sono coloro che controllano questa linea ferroviaria, che la mantengono in funzione. Sono loro che lasciano passare i criminali, gli assassini ed i pedofili che fuggono dalla nostra nazione e catturano i truffatori ed i contrabbandieri che cercano di entrare. Loro sono la nostra frontiera, il nostro scudo. Quello a cui avete assistito oggi è stata anche la loro fine, ormai i Vandali non sono più necessari, hanno compiuto con merito il proprio scopo, resta loro solo un'ultima impresa. Adesso ci saranno nuovi venti, nuove sfide, ed è qui che voi due, la nuova generazione, entrate in scena.

Sara e Matthias rimasero in silenzio, stupefatti, avevano tanti dubbi e tante domande, ma non sapevano da che parte cominciare. Gustavo proseguì:

- Su questo ponte sono morti i rappresentanti del paese Sacro; in questo preciso momento i Vandali stanno compiendo la loro ultima azione: attaccare la regione, la sua fornitura di energia, le strutture del governo, la polizia e l'esercito. Ci sarà la guerra, arriverà il caos e, ancora una volta noi, i Serrani, risolveremo la situazione: prima andremo a proteggere e a trasportare i civili verso zone sicure, riceveremo e alimenteremo i rifugiati e poi occuperemo la regione Sacra, dalla quale i Vandali verranno espulsi e l'ultima resistenza Sacra sarà annientata.

Nell'ascoltare queste frasi, Sara sentì come un fischio, un campanello di allarme nella testa; ricordò la sua conversazione finale con Tito sugli zingari e su come suo padre, Ramiro, oppositore al regime, fosse stato assassinato. Si sentì svenire, il suolo cominciò a vacillare, perse l'equilibrio e Matthias la afferrò per un braccio. Lei gli si appoggiò al petto.

- In futuro la storia, che è scritta da noi, i vincitori, dirà che i Vandali hanno attaccato ed ucciso la comitiva sul treno e successivamente hanno invaso la regione Sacra, una nazione destinata a cadere, perché era ispirata ai valori dell'era antica: diseguaglianza sociale, e quindi alto livello di criminalità; distribuzione poco equa della ricchezza; giustizia lenta e benevola con i criminali; fomentazione dei mezzi di comunicazione senza alcun controllo; inquinamento; proibizione delle libertà individuali come l'uso ricreativo e occasionale di droga e prostituzione. Sappiamo che non esisterà mai uno stato utopico, ma siamo convinti che la nazione Serrana sia ciò che ci si avvicina di più. L'era antica è vista oggi come una distopia, un luogo infelice e brutto, dove i cittadini erano trattati in maniera disuguale e tutto dipendeva dal conto corrente di ognuno.

Gustavo si guardò alle spalle e vide che gli altri elementi lo stavano aspettando per tornare a Biriatu, cominciava a scurire.

- So che per voi tutto questo è stato uno shock e avrete tempo per assimilarlo. Per qualunque domanda o dubbio, sappiate che sono a vostra completa disposizione.

Il viaggio di ritorno si svolse in piena notte; i sedili si trasformarono in cuccette e tutti si addormentarono, con l'eccezione di due elementi: Norton e Sara.

Norton si trovava nel vagone-bar e stava bevendo ciò che era rimasto dell'alcol parlando da solo, totalmente ubriaco. Sara era sdraiata sulla sua cuccetta e la sua mente stava per esplodere. Ciò che separava la menzogna dalla realtà era una linea sottile, quasi invisibile, come il filo della tela di un ragno. Le menzogne sui Vandali, i falsi legami che i mezzi di comunicazione sostenevano questi avessero con gli Aurka, le voci che lo Stato diffondeva per creare paura. Ma c'era una cosa che non le usciva dalla testa: la morte di suo padre. Continuava a ripetersi la frase di Tito: "...le politiche sempre più totalitarie portate avanti dall'equipe di Gustavo; una di queste voci critiche era quella di tuo padre, Ramiro. Lui decise, insieme ad altri, di fondare un partito politico e chiese a Gustavo di poter parlare apertamente alla radio ed in questo modo dare la notizia di questa nuova corrente politica contraria a quella del regime. Gustavo gli permise di parlare ma, un giorno prima che lui potesse divulgare la nascita del partito, José Lino, mandato da Gustavo, uccise tuo padre. "

Quale sarà stata la verità? Dubitava di tutto. Sarà stato che suo padre era un finto santo, un personaggio inventato dal regime di Gustavo, e lei, sì, proprio lei, un pedone che era servito a catturare chi resisteva al suo sistema? Si sentì piccola, come una formica in un mondo di elefanti; Gustavo sembrava saper leggere il futuro, anticipare tutto. Per la prima volta nella sua vita sentì paura del padre adottivo.

Pochi giorni dopo ci fu l'omaggio ai due giovani, Sara e Matthias, che avevano scoperto e smantellato l'accampamento Aurka. La cerimonia si svolse nell'affollato *fronton* di Biriatu e venne trasmessa alla radio e alla televisione per tutti gli angoli dell'Impero. Sara e Matthias fecero dei brevi discorsi in varie lingue, in cui esaltavano l'amore per la patria. Gustavo fece un discorso più esteso, in cui sostenne che giovani come i due che venivano decorati fossero il futuro da nazione, chiese un minuto di silenzio in memoria della comitiva della regione Sacra assassinata sulle Alpi, promise aiuti umanitari ai civili di quella regione, e offrì la disponibilità a ricevere a braccia aperte i possibili rifugiati ed aprì la porta alla possibilità di inviare l'esercito in quella regione per imporre la pace e l'ordine.

Il suo discorso fu applaudito con una *standing ovation* di vari minuti da parte dei presenti; fra questi, in prima fila, c'erano il padre e le sorelle di Matthias, molto orgogliosi di lui, con lacrime di commozione negli occhi. Alla fine, quando si sentì l'inno dell'Impero Serrano, tutti si alzarono con la mano sul petto. Jean-Pierre, il padre di Matthias, si ricordò della Marsigliese, l'inno di un antico paese chiamato Francia, e di come lui lo cantava con commozione, soprattutto in occasione di partite di calcio della nazionale, ma in quel momento il sentimento che sentì al suono di quella musica della sua nuova nazione fu qualcosa di sublime, sperimentò per la prima volta una venerazione fanatica per la sua patria, una sensazione di obbligo davanti a tutti i suoi concittadini. Oh, come amava questa grande e bella nazione, per lei sarebbe stato capace di morire ed uccidere.

Era arrivato il momento di rientrare alla capitale dell'Impero, Lentiscais. Rute e Gustavo erano seduti uno di fianco all'altro in un vagone del treno. Davanti a loro, separati da un tavolo, c'erano Paulão e Norton, che parlavano a voce alta, animatamente. Diagonalmente rispetto a questi personaggi c'erano Matthias e Sara, silenziosi, che contemplavano il paesaggio o leggevano un libro.

Rute disse all'orecchio di Gustavo:

- Qual è stata la reazione di Sara nel sapere la verità sui Vandali?

- Shock.

- Pensi che accetterà di diventare la futura imperatrice?

- Forse... ma è possibile che prima voglia liberarsi di antichi fantasmi.

Matthias aveva già riflettuto molto sulle parole pronunciate da Gustavo sulle Alpi ed era arrivato alla conclusione che questi avesse ragione, che per poter godere di una società migliore fosse necessario, a volte, percorrere un cammino tortuoso; la sua fiducia nello Stato Serrano era inattaccabile. Sara, da parte sua, viveva in un mare di dubbi; guardò dietro di sé e vide gli occhi penetranti e seri di Gustavo, distolse lo sguardo per paura che lui potesse leggerle nel pensiero. La sua mente batteva incessantemente sullo stesso tasto: voleva conoscere la verità sulla morte di suo padre, a qualunque costo.

Fine della II parte

Libri dell'autore:
Il Buon Dittatore
Parte I – La Nascita di un Impero[1] (2017)
Parte II – L'Espansione (2019)
Parte III – La Successione

Manuale di un Omicidio (2018)

Ringraziamenti: Ai soliti sospetti per avermi aiutato nella correzione del testo e nelle dritte per la storia – Silvia; Josè Lentisqueiro e Sara Diogo.

Gonçalo JN Dias è nato a Lisbona, nel 1977, è laureato in Ingegneria dell'Ambiente e delle Risorse Naturali, attualmente vive nei Paesi Baschi, in Spagna.

L'Espansione è il suo terzo romanzo, trattandosi della seconda parte della trilogia del Buon Dittatore. È un autore indipendente e i suoi libri sono stati tradotti in diverse lingue.

---

1. http://amzn.eu/9y0DkRw

Indice:

---

[1] Fronton è un tipo di palestra o stadio per la pratica della pelota basca. È uno spazio rettangolare largo da 10 a 11 metri, con pareti alte 10 metri su tre lati.

[2] Strumento a percussione da battersi con le mani, originario dell'Africa centro-occidentale.

[3] *Ferme ta bouche* – Tappa quella bocca.

[4] dolcetto tipico della regione di Bordeaux

www.ingramcontent.com/pod-product-compliance
Lightning Source LLC
Chambersburg PA
CBHW022137150726
47992CB00002B/636